Mario Tiri

Gespucci & Mansardo

Wahlkampf am Lago Maggiore

Herstellung und Verlag:

BoD – Books on Demand, Norderstedt

ISBN 978-3-7347-7854-4

Die Sonne steht sehr hoch an diesem herrlichen Freitagmittag. Die großen Ferien sind seit dieser Woche vorüber und der allgemeine Schulbetrieb hat wieder seinen gewohnten Verlauf aufgenommen. Seinen alten Kollegen und Lehrmeister, Signore Bertani, hat Francesco in Mailand besucht. Signore Bertani war mit Leib und Seele Lehrer, genau wie Francesco es immer hat werden wollen und auch geworden ist. Jedes Jahr im Sommer, wenn Francesco ihn in Mailand besucht, hat Francesco Angst vor dieser Reise. Früher fuhr er öfter. Dann nur noch in den großen Sommerferien und zur Weihnachtszeit und schließlich, seit drei Jahren, nur noch zur Sommerzeit. Trotz Francescos schmaler und für einen Mann Anfang 40 beinahe zierlichen Figur, ist er eigentlich kein Angsthase. Im Gegenteil. Er gehört mit zu den mutigsten Männern in seinem Dorf am Lago Maggiore. Selbst mit *Papa Mansardo* hat Francesco sich schon mehr als einmal angelegt und das, obwohl Signore Mansardo den reichsten und mächtigsten Mann dieser Region darstellt. Manche behaupten sogar, Mansardo würde Mafioso-Methoden anwenden, was ihm aber selbstverständlich nicht nachzuweisen ist.

Im Laufe der Jahre hat Francesco bei seinen Aufenthalten in Mailand immer mehr mit ansehen müssen, wie Bertani in sich zusammen gefallen ist. Giuseppe Bertani, der Mann, der stets das Unrecht bekämpft und sich für Gerechtigkeit eingesetzt hat. Der Mann, dem es in den 80er Jahren gelungen ist, die träge Regierung der norditalienischen Metropole dazu zu bringen, mehr als eine Milliarde Lire in den Bildungssektor einfließen zu lassen. Der Mann, der nie ruhte und ein Aktivist vor dem Herrn war wie kein Zweiter. Diesem Mann, der Francescos Lehrmeister, Idol und Freund ist, wurde die

Kraft geraubt. Francesco überlegt, ob der Ausbruch der schweren Krankheit die Schuld an Bertanis Lage ist oder ob das Alter des 75jährigen ihm so zugesetzt hat. Ein Pflegefall ist Bertani geworden. An den Rollstuhl gefesselt und umsorgt von einer tunesischen Haushälterin. Früher, als Francesco noch in Mailand lebte und gerade als Lehrer angefangen hatte, da haben er und Bertani sich oft getroffen. Francesco ist jede Woche zu Bertani gelaufen und sie haben sich über die Schule, die Schüler und deren Eltern unterhalten. Francesco erzählte seine Probleme, Bertani hörte aufmerksam zu und sie erarbeiteten nächtelang gemeinsam Lösungen für Francesco.

Francesco schmerzt es, den Verfall seines Freundes sehen zu müssen. Das Schlimme für ihn ist nicht, dass Bertani alt geworden ist oder dass er im Rollstuhl sitzen muss. Für Francesco ist es schrecklich den Verfall des einst so aktiven Mannes sehen zu müssen. Bertanis Lebensgeist und Lebensfreude nahmen mit der Zeit immer mehr ab. Nicht nur körperlich, sondern vor allem geistig ist Bertani ein Schatten seiner selbst geworden. Diese Gestalt hat nichts mehr mit dem Bertani zu tun, den Francesco so verehrte. Und das ist es, wovor Francesco sich so sehr fürchtet: selbst irgendwann seine Lebensenergie zu verlieren.

Als Francesco sich vor einer Woche von Bertani verabschiedete und Mailand mit dem Zug gen Lago Maggiore verlies, überkam ihn im Abteil ein Glücksgefühl. Er fährt nach Hause, in sein Dorf an diesem wunderschönen norditalienischen See! Eine kleine Ansiedlung auf einer Anhöhe, von der man teilweise atemberaubende Ausblicke auf den See und die ihn umgebenden majestätischen Berge genießen kann. Sein Dorf ist nicht sehr groß. Knapp über 500 Einwohner zählt es. Dennoch hat es alle nötigen Einrichtungen, die eine Gemeinde benötigt. Francesco ist dort an der Scola Elementari als Grundschullehrer beschäftigt, ausgebildet und unterwiesen von Giuseppe Bertani, einer Ikone im italienischen Schulwesen.

Francesco freut sich auf das neue Schuljahr. Er würde eine neue Klasse bekommen, da seine alte Klasse auf die weiterführenden Schulen aufgeteilt worden ist. Er hatte die Ehre, die Kinder auf ihrem Lebensweg zu begleiten und sie auf den Ernst des Lebens vorzubereiten. Ganz besonders liebt er an seiner Arbeit die Tatsache, dass er die kleinen Lebewesen formen kann. Er ist es, der Ihnen Werte und Weltanschauung vermittelt, wenn dies in den eigenen Familien nicht praktiziert wird, was seiner Meinung nach leider viel zu oft der Fall ist. Er gibt den Kindern eine gute Erziehung und Ethik mit auf den Weg. Er hat die Chance die Welt durch diese Kinder gerechter werden zu lassen.

Nun werden die Würfel neu geworfen, dachte er bei einem Nickerchen im Zugabteil. 20 kleine Menschen werde er in wenigen Tagen unter seine Obhut nehmen und sie unterrichten und unterweisen. Er wird sie zum Lachen bringen und zum Weinen. Er wird sie in den Arm nehmen und sie bestrafen. Er wird, wie er es schon einige Male zuvor gemacht hat, ein gerechter Klassenlehrer sein, genauso wie er es von Giuseppe Bertani gelernt hat.

Die erste Woche war vorüber gegangen. Am Montag war Francesco mindestens genauso aufgeregt gewesen wie seine zwanzig neuen Schüler, die von ihren Eltern und Großeltern in die große Turnhalle der Grundschule begleitet wurden. Der Tag der Einschulung ist immer ein großer Festakt. Obwohl es jedes Jahr ähnlich ist, ist es für Francesco doch immer wieder aufregend und neu. Francesco ist ein sehr empathischer Mensch, der zeigt, wann er sich freut und wann er böse oder traurig ist. Er lebt seine Gefühle aus und verbirgt sie nicht hinter einem nichtssagenden, monotonen Gesichtsausdruck. So ist es auch nicht verwunderlich, dass vor allem er gegrüßt und beachtet wird, anstatt seiner Rektorin, die eben genau über diese stets einheitliche Mimik verfügt.

Manchen seiner Kolleginnen und Kollegen ist Francesco zu lebhaft. Einige behaupten gar, er sei infantil. Genau diese sind es jedoch, die gelangweilt an dieser Zeremonie teilnehmen und nur an den Chianti denken, den sie zur Mittagszeit daheim endlich in Ruhe zu sich nehmen können. Mindestens die Hälfte der hier angestellten Lehrkörper sind Leerkörper, denkt Francesco über seine Kollegen. Menschen, die dem alltäglichen enormen Schulstress nicht gewachsen sind und innerlich aufgegeben haben. Menschen, die nur noch hier sind, um irgendwie den von ihnen geforderten Unterricht abzuhalten und dann möglichst schnell wieder aus der Schule zu verschwinden. Solche Leute hätten besser einen Beruf vor einem Computer wählen sollen, bei dem sie nicht mit menschlichem Leben in Kontakt kommen. Dies wäre besser für beide Seiten, für die Kinder und für diese Kollegen.

Viele Kinder, die in dieses Schuljahr neu eingeschult werden, sind Francesco bereits bekannt. Bei manchen hat er zuvor die älteren Geschwister unterrichtet, andere sieht er häufig im Dorf, wenn er einkaufen oder spazieren geht. Da diese Grundschule nicht nur im Dorf, sondern auch im näheren Umkreis davon die einzige ist, kommen jedoch auch immer aus den anderen Gemeinden Kinder hinzu, die Francesco bisher noch nie gesehen hat.

Nach der Einführungsrede der Rektorin fand ein Theaterstück der dritten Klasse unter Leitung von Maria Andretti statt. Maria und Francesco können sich gut leiden. Maria ist eine der wenigen Lehrerinnen, die beinahe genauso engagiert diesen Beruf ausübt wie Francesco selbst. Er mag ihre herzliche und ehrliche Art, wie sie mit den Kindern umgeht. Leider ist sie zu gutmütig und lässt viel zu viel mit sich machen. Besonders bei der Pausenaufsicht verliert sie ab und zu die Kontrolle über die Kinder, die sich dann raufen und nur Dummheiten im Kopf haben. Des Öfteren hat Francesco solche Situationen beobachtet und ist dann Maria zu Hilfe gekommen. Gemeinsam haben sie die Lage dann immer recht schnell unter Kontrolle bringen können. Maria liebt die Musik und die Schauspielkunst. Sie selbst spielt Klavier, Gitarre und Geige. Sie ist eine, für italienische Verhältnisse, große und schlanke Frau Mitte dreißig. Weil sie so einen langen Hals hat und viele Männer - besonders Francesco - überragt, würde sie keinen Kerl abbekommen, lästern ihre Kolleginnen. Francesco stört es nicht, dass er mehr als einen Kopf kleiner ist als Maria. Er hat ein freundschaftliches Verhältnis zu ihr und so soll es sein und bleiben.

Die angehenden Grundschulkinder waren fasziniert von dem Theaterstück, das Maria über mehrere Wochen mit den Kindern eingeübt hatte. Die Kinder, die heute den Sprung vom Kindergarten in die Grundschule bestreiten mussten, verloren so allmählich die Scheu und die Angst vor dieser neuen Situation. Am Ende des Theaterstücks gab es einen typisch italienischen, überschwänglichen

Applaus, der in stehende Ovationen überging. Besonders die Eltern der schauspielernden Kinder überboten sich mit Beifallsbekundungen. Lediglich einige der lethargischen Lehrerkollegen und die Rektorin gaben einen Höflichkeitsapplaus, der aus maximal 10-mal In-die-Hände-klatschen bestand und nicht über 30 Dezibel hinauskam, was in etwa der Lautstärke eines brummenden Kühlschrankes entspricht.

Schließlich war der große Augenblick gekommen. Es waren 58 Kinder auf drei Pädagogen zu verteilen, zu denen auch Francesco gehörte. Die Lehrer wurden kurz vorgestellt und in Klasse 1a, 1b und 1c eingeteilt. Francesco ist der Klassenlehrer für die 1a, während seinen beiden Kolleginnen die anderen Klassen zugewiesen wurden. Die Namen der Kinder wurden aufgerufen und die Kleinen begaben sich mit ihren viel zu großen Schulranzen zu ihren neuen Lehrern. Bei jeder Namensnennung gingen manche Kinder nervös, andere voller Elan und Vorfreude zu ihren neuen Klassen. Die wohl aufgeregtesten Personen in der Halle waren jedoch nicht die eingeschulten Kinder, sondern deren Eltern. Eine Mutter hat ihren Sohn weinend umarmt und ihm mit einem Taschentuch nachgewunken, während er die 20 Meter nach vorne zum Kopf der Turnhalle ging. Ein Vater hat seine kleine Tochter auf dem Weg zu ihrer Klasse pausenlos fotografiert. Wie ein Model, das in den großen Mailänder Modehäusern den Laufsteg entlang geht, hat er sie aus beinahe jeder Perspektive aufgenommen.

Francesco hörte die Namen der Kinder, die er die nächsten Jahre unterrichten durfte. Er schloss leicht die Augen und stellte sich behaglich vor, wie es zukünftig wohl sein wird. Da wurde die kleine

Sophia zu ihm aufgerufen, deren Vater die örtliche Metzgerei betreibt. Ab und zu wird dieser ihm wahrscheinlich die eine oder andere Leckerei zukommen lassen. Offiziell ist das natürlich nicht erlaubt, aber es wäre eine viel zu große Beleidigung, solche Köstlichkeiten nicht anzunehmen. Die vorlaute Julia, die sicherlich eine gute Klassensprecherin abgeben und eine Führungsposition in der Klasse einnehmen wird, wurde ihm ebenfalls zugeteilt. Und der dicke Pedro, der beim Fußballspielen einen gewaltigen Schuss drauf hat und Francesco aus Versehen einmal sehr feste anschoss.

Dann wurde Francesco ein letztes Kind zugewiesen. Der Aufruf dieses Kindes weckte ihn aus seinen Visionen, und seine Gesichtszüge wechselten von entspannt zu mehr als skeptisch und argwöhnisch. Kann es sein, dass die Rektorin sich verlesen hat?, dachte er im ersten Moment mit weit aufgerissenen Augen. Aber als er das Kind auf sich zukommen sah, wusste er, dass ein Irrtum ausgeschlossen ist. Dieses Gesicht ist unverkennbar. Die Augen, das Kinn, die Konturen. Sogar der Haarschnitt ist an den seines Vaters angepasst. Mit strenger Stimme sagte Francesco zu dem Jungen: »Stell Dich zu den anderen da hinten hin, Stephano Mansardo.«

Mansardo. Jedes Mal, wenn Francesco diesen Namen hört, verdunkelt sich sein Gesicht. Ausgerechnet in seine Klasse musste ein Mansardo eingeteilt werden. Stephano Mansardo, der jüngste Sohn des wohl bekannten *Papa Mansardo*. Der Mann, der die Region in seiner Hand hat und der die Gesetze nur dann einhält, wenn ihm danach ist.

Die Mansardos sind eine alt eingesessene Familie hier am Lago Maggiore. Seit dem späten achtzehnten Jahrhundert haben sie sich hier angesiedelt und betrachten sich als die Fürsten und Wächter der Region. Es ist ihre Heimat und die halten sie sauber, so sagen sie. Wer mitmacht, dem geht es gut. Wer gegen diese Familie ist, bekommt die Macht des Clans zu spüren. Die Mansardos haben selbst die Carabinieri unter ihrer Kontrolle. Es ist ein offenes Geheimnis, dass großzügige Spendengelder von der Familie Mansardo in die hiesige Polizeikasse geflossen sind. Nicht zu guter Letzt heißt es, dass der Sohn des Hauptkommissars mit der ältesten Tochter der Mansardos liiert sei.

Allerdings regieren die Mansardos oft zur Zufriedenheit der Bevölkerung. Alles ist erlaubt, solange das Allgemeinwohl dadurch gestärkt wird. So lautet deren offizielle Devise. Und genau das ist es, was Francesco zur Weißglut bringt. Die Gesetze werden so gedreht und gebogen, wie es den Mansardos passt. Zwar geht es der Bevölkerung dann meist besser, jedoch vergessen die Mansardos auch nicht, für sich immer einen Profit herauszuschlagen. Viele Bewohner der Region sehen die Mansardos aber nicht als die souveräne Macht, die bestimmt, was gemacht wird, sondern haben sie zu ihren Beschützern auserkoren, denen man dafür dann auch gerne die ein oder andere Sonderabgabe zahlt. Daher kommt auch der Spitzname *Papa Mansardo*, obwohl der eigentliche Name des Familienoberhauptes Antonio Vittore Mansardo lautet.

Und Signore Mansardo ist geschickt. Um seinen guten Ruf zu wahren, hat er für seine Untertanen stets ein offenes Ohr. Er lässt sie bei vielen Entscheidungen mitbestimmen und teilhaben. Dafür hat er einen Regionalrat gegründet, dessen nicht wählbarer Vorstandsvorsitzender natürlich er selbst ist. Der Rat setzt sich weiterhin aus sieben Ratsmitgliedern der umliegenden Dörfer zusammen, die von den jeweiligen Bewohnern gewählt werden. Nicht die Bürgermeister bestimmen also die Zukunft ihrer Dörfer und der Region, sondern der Regionalrat. Die Bürgermeister nehmen eher repräsentative Aufgaben wahr. Zusätzlich darf bei jeder Ratsversammlung die regionale Presse teilnehmen und die wichtigsten Fakten veröffentlichen. Diese Entscheidung hat Signore Mansardo wohl schon des Öfteren bereut, denn die Nachrichten dieser Versammlungen verkaufen sich sehr gut. So wird es für den Patriarchen nicht einfacher, einen Beschluss gegen den Willen der Ratsmitglieder durchzusetzen. Aber auch hier hat Signore Mansardo wieder Talent bewiesen: Er hat es geschafft, in den jeweiligen Gemeinden genau die Kandidaten zu fördern, die es nicht wagen ihm zu widersprechen. Und so sitzen derzeit sechs Mitglieder im Rat, die nur selten ihre Stimme erheben und auch nicht viele Fragen stellen. Beim siebten Ratsmitglied ist es Signore Mansardo jedoch nicht gelungen, seinen Wunschkandidaten auf den Posten zu bringen. Das siebte gewählte Mitglied ist kein geringerer als der Grundschullehrer Francesco Gespucci, der stets dem großen Signore Mansardo die Stirn bietet. So war es auch vor einigen Wochen, als im Regionalrat über den Standort der neuen Mülldeponie debattiert wurde.

Kurz vor Schließung der abendlichen Sitzung erhebt der Ratsvorsitzende Signore Mansardo seine Stimme: »Meine lieben Ratsmitglieder und Signore Gespucci. Obwohl der Abend schon recht fortgeschritten ist und wir alle nach Hause gehen wollen, habe ich noch eine Überraschung für euch parat. Die norditalienische Abfallliga sucht einen Platz, auf dem sie eine Zwischenlagerstätte für Müll errichten möchte. Ich muss euch ja nicht sagen, dass das viele Arbeitsplätze und eine hübsche Summe an Lire für uns und unsere Region bedeuten würde. Es ist mir gelungen, zusammen mit diversen Fachleuten einen geeigneten Ort für dieses Projekt zu bestimmen und die notwendigen Baupläne fertigstellen zu lassen. Wie ihr mich kennt, wisst ihr, dass alles bereits bestens geplant und organisiert ist. Wir können durch eine kurze, mehrheitliche Abstimmung die Bauausführung beginnen lassen und das Thema abhaken. Also, wer dafür ist die Pläne zu genehmigen, der hebe nun seine Hand.« Signore Mansardo hält die zugebundenen Pläne in der einen Hand, während er mit der anderen genüsslich an einer Zigarre zieht. Die Ratsmitglieder, Wein trinkend und ebenfalls rauchend, sind dabei ihre Hand zur Abstimmung zu heben, ohne die Pläne überhaupt betrachtet zu haben. Doch bevor die Abstimmung endgültig vollzogen wird, meldet sich Francesco zu Wort. »Sehr verehrter Herr Vorsitzender. Hätten Sie die liebenswürdigste Güte, uns alle hier Anwesenden ebenfalls einen Blick in die von Ihnen allein entworfenen Pläne werfen zu lassen?!« »Wenn Ihr unbedingt darauf besteht« entgegnet ihm Signore Mansardo knurrig und faltet die Pläne auf dem Tisch aus. Während die übrigen Ratsmitglieder eher gelangweilt zusehen und teilweise unerfreut darüber sind, dass der Abend nun noch länger werden könnte, betrachtet Francesco intensiv die Pläne. Nur einen kurzen Moment später bemerkt er, dass mit diesen Plänen etwas nicht stimmt. Es geht um die gewählte Lage der Zwischenlagerstätte. Innerlich aufgebracht, äußerlich jedoch ruhig und sachlich wirkend, erhebt er sein Haupt und wendet sich den Ratsmitgliedern, vor allem jedoch dem Ratsvorsitzenden zu. »Sehr verehrter Signore Mansardo. Bitte korrigieren Sie mich, aber ist das nicht exakt die Piazza della Pescatori, wo ihr diese neue Müllzwischenlagerstätte hinsetzen wollt?« »Nun, das habt ihr gut erkannt, Signore Gespucci. Dieser Platz eignet sich perfekt als Standort für diese Zwecke. Er ist quasi in der Mitte unserer Dörfer und dadurch von jedem gut zu erreichen.« »Ist das nicht der Platz, auf dem in den Sommerabenden unsere Alten sitzen und sich an ihre Jugend entsinnen. Wo unsere Jungen und Mädchen an Sonntagen spielen und Frohsinn verbreiten?«, fragt Francesco nun provokant in die Runde und erhebt dabei langsam seine Stimme. »Was wollt Ihr damit ausdrücken, Signore Gespucci?« entgegnet ihm Signore Mansardo, auf dessen Stirn sich nun einige Schweißperlen sammeln. Doch Francesco setzt nach. »Ist das nicht der Platz, auf dem immer die Fischerfeste stattfinden?«. Die anderen Mitglieder werden nun aufmerksamer und schauen sich die Pläne ebenfalls an. Der Journalist, der den ganzen Abend mehr oder weniger teilnahmslos im Hintergrund dabeisaß, beginnt sich zu regen, Fotos zu schießen und eifrig Notizen in seine Unterlagen zu schreiben. Dieses Aufleben der anderen Anwesenden trägt sichtbar nicht zum Wohlbefinden von Signore Mansardo bei, der sich zu rechtfertigen versucht. »Meine Herren, die Feste dort finden doch nur zweimal im Jahr statt. Dann muss halt ein anderer Platz für diese beiden Termine gefunden werden. So schwierig wird das ja wohl nicht sein. Ich denke damit ist die Sache wohl erledigt.« Francesco erhebt sich ruckartig von seinem Stuhl und sagt mit immer lauterem Wortklang »Ja, Ihr habt recht,

Signore Mansardo. Zweimal im Jahr wird dort die Tradition der Vorfahren dieser Menschen hier zelebriert. Auf diesem Platz, wo seit 100 Jahren, seit einem ganzen Jahrhundert, jedes Jahr zweimal gefeiert wird. Dort wo ein Denkmal zu Ehren der Ahnen steht, die diese Ortschaften und die Region mit aufgebaut haben.« »Signore Gespucci, ich denke...« möchte Signore Mansardo einen letzten verzweifelten Gegenangriff starten, doch Francesco fällt ihm ins Wort und richtet sich nun an die anderen Anwesenden. Mit energischer Stimme und einer Pose, die an einen römischen Heerführer erinnern lässt, führt er das Wort »Ihr, meine lieben Ratsmitglieder, wollt diesen ehrwürdigen und historischen Platz entwürdigen und eine Mülldeponie daraus machen? Den Menschen hier ein Stück Tradition entreißen? Einen Platz vernichten, der Alt und Jung verbindet? Nun gut, wenn ihr das vor Gott und euren Mitbürgern vertreten könnt, dann stimmt diesen Plänen zu. Ich werde jedoch nicht verantwortlich sein für diesen Frevel an unserer Kultur«. Stille. Die Mitglieder sehen sich schweigend untereinander an. Auch Signore Mansardo fällt zunächst nichts Ebenbürtiges mehr ein, was er diesem Feuerwerk an Wörtern entgegensetzen könnte. Er versucht verzweifelt, die Situation zu Ende zu bringen. Mit einem Taschentuch tupft er sich den Schweiß von seiner Schläfe. Er greift zu seiner Zigarre, nimmt einen kräftigen Zug. Nach einem Moment der Besinnung atmet er tief durch und wendet sich den Ratsmitgliedern wieder zu »Nun, wir haben genug von euren sentimentalen Einwänden gehört, Signore Gespucci. Die Piazza della Pescatori ist und bleibt der geeignetste Ort für unsere Deponie. Wir stimmen nun ab und ich warne Sie, Ratsmitglied Gespucci, noch weitere Propagandareden zu halten! Wer für diesen Standort der Deponie ist, der hebe seine Hand«. Schnell und bestimmt geht Signore Mansardos Arm in die Höhe. Jedoch scheint die Ansprache von Francesco, der seine beiden Arme ausgestreckt auf dem Tisch abstützt, Wirkung zu zeigen. Die übrigen sechs Ratsmitglieder betrachten sich gegenseitig. Keiner von ihnen wagt es, Signore Mansardo in die Augen zu schauen. Beinahe verlegen richten sie ihre Blicke nach unten auf die Tischplatte oder auf den Boden. Nicht eine weitere Hand ist zur Abstimmung an diesem Abend zur Befürwortung der Errichtung des Müllzwischenlagerplatzes erhoben worden.

Am nächsten Tag war in der Gazette della Regionale zu lesen, dass der Standort für die Deponie abgelehnt worden ist. Auf die Frage Mansardos an Gespucci, wo er denn gedenke die neue Deponie zu erstellen, gab dieser gelassen zur Antwort: »Sowas dürfen Sie mich doch nicht fragen, Herr Ratsvorsitzender. Ich bin nur ein einfacher Grundschullehrer, der von so etwas keine Ahnung hat!«.

Und nun muss Francesco den Filius unterrichten. Nach bestem Wissen und Gewissen. Seinen Vater, Signore Mansardo, konnte Francesco bei der Einschulung übrigens nicht unter der Elternschar ausmachen. Und das, obwohl der Jüngstgeborene das Lieblingskind des Familienoberhauptes ist.

Die ersten Wochen vergingen und heute ist Freitagmittag. Die Schule ist aus und die Kinder verlassen gerade den Klassenraum in Richtung Wochenende. Francesco hat die vergangenen Tage regelmäßig bis in den späten Abend hinein gearbeitet. Er hat für Stephano Mansardo extra schwierige Aufgaben zusammengestellt.

Dem Jungen von diesem Feudalherren werde er schon zeigen, was es heißt, hart ran genommen zu werden. Zu Francescos Leidwesen jedoch hat der Junge alle ihm gestellten Aufgaben gewissenhaft und meist richtig erledigt. Stephano ist ein fleißiger Schüler und Francesco muss sich eingestehen, dass er so etwas wie Sympathie für dieses Kind empfindet. Laut Gesetz ist es vorgeschrieben, dass zu Beginn der neuen Schulzeit ein Gespräch mit den Eltern der Schüler zu führen ist. Meist kommen nur die Mütter, da die Väter entweder arbeiten müssen oder ein unglaubliches Talent für Ausreden an den Tage legen. Francesco hat ein ungutes Gefühl im Bauch, denn ausgerechnet heute, an diesem Freitagabend, steht das Gespräch mit den Mansardos an. Gloria Mansardo, die Frau von Signore Mansardo, ist eine sehr stille Schönheit. Ihr Alter von knapp über 40 Jahren sieht man ihr keineswegs an. Sie ist nicht oft zu sehen. Sie zieht es vor sich zurückzuziehen und meidet die Öffentlichkeit. Ganz im Gegensatz zu ihrem Mann. Doch noch hat Francesco ein paar Stunden Zeit, da er erst am Abend mit den Mansardos verabredet ist.

Francesco verspürt ein kleines Brummen in seiner Magengegend. Kein Wunder, es ist ja schließlich schon nach 13:00 Uhr und er hat diesen Tag lediglich eine Brotscheibe mit Honig zum Frühstück verspeist. Er beschließt in die Pizzeria Siciliana zu gehen. Francesco kennt den Wirt Calerati sehr gut. Vor einiger Zeit hat Francesco dessen Sprössling vier Jahre lang unter seiner Aufsicht gehabt. Der Junge war und ist wie sein Vater. Er redet und redet und hat doch selten etwas zu sagen. Francesco kann sich noch erinnern, da waren Signora und Signore Calerati zusammen bei einem Elterngespräch in der Schule. Beide sprachen gleichzeitig ohne Punkt und Komma auf den armen Francesco ein und gaben ihm wertvollste Ratschläge, wie er doch seine Klasse zu führen hätte und was er verbessern könnte. Und so ist es immer noch. Würden die Caleratis bei einer offenen Herzoperation anwesend sein, würden sie dem Chirurgen sicherlich sagen, wie er seinen Patienten zu behandeln habe, wie er das Skalpell anzusetzen hat und dass er doch aufpassen soll, damit es nicht so viel blutet. Ansonsten sind die Caleratis aber eine Herz von einer Familie. Italiener seien in Europa für ihr wildes Temperament, ihre Herzlichkeit und Lebhaftigkeit bekannt, hat Francesco einmal in einer Zeitschrift gelesen. Vermutlich war der Journalist dieser Reportage genau in dieser Pizzeria Siciliana essen gewesen, denn all diese Aussagen treffen auf die Caleratis zu wie auf keine zweite Familie in wahrscheinlich ganz Italien. »Mama. Papa. Schaut wer gekommen ist«, sagt der Sohn zu seinen Eltern, die Francesco noch nicht bemerkt haben. »Der Signore Professore« bestätigt Signore Calerati lauthals, um das Gesehene verbal zu untermauern. Schon hat Francesco drei intensive Umarmungen, sechs Begrüßungsküsse auf die Wangen und einen dicken Freundschaftskuss von Signora Calerati auf den Mund bekommen. Unaufgefordert wird er zu einem gedeckten Tisch geführt. Signore Calerati setzt sich zu ihm, während seine Frau in die Küche verschwindet und der Sohn eine Karaffe Wein und zwei Gläser bringt. Sein Essen wählen darf Francesco nicht, da die Caleratis stets glauben zu wissen, was der Professore heute gedenkt zu sich zu nehmen. Francesco kennt dieses Verhalten natürlich, aber er findet es auch spannend, was die Caleratis sich diesmal für ihn ausdenken werden. Und eins kann Francesco nicht behaupten: Jemals von den Caleratis kulinarisch enttäuscht worden zu sein.

»Lieber Signore Professore« beginnt Signore Calerati das Gespräch, während er zuerst seinem Gast und dann sich selbst ein Glas Rotwein eingießt. Nach etlichen Erzählungen über ihn, die Pizzeria und seine Familie, eröffnet Calerati ein Thema, bei dem Francesco hellhörig zu werden beginnt.

»Mein lieber Professore, habt ihr schon gehört, dass *Papa Mansardo* Neuwahlen in unserem Bezirk abhalten möchte?« »Hier? In unserem Bezirk? Dazu hat er kein Recht« entgegnet ihm Francesco kühl. »Das Ratsmitglied ist alle drei Jahre von den gemeldeten Einwohnern der Stadt zu wählen. Und bei uns fand die letzte Wahl vor einem Jahr statt, wo ich mich zum Glück gegen diesen Halunken und Speichellecker Domini klar und fair durchgesetzt habe. Domini ist doch sogar über ein paar Ecken mit Mansardo verwandt, wenn ich mich nicht irre?« »Doch sicher, also ja, Domini ist ein Verwandter dritten Grades mütterlicherseits. Und ja, ihr habt die Wahl gewonnen und es dürfte eigentlich erst nächstes Jahr wieder gewählt werden.« sagt Calerati mit zögernder Stimme, was so ganz und gar nicht seine Art ist. »Aber?« entgegnet ihm Francesco barsch, der genau in diesem Moment seine Spaghetti a la Carbonara bekommen hat. »Aber. Nun, es ist so, dass, als ihr in Mailand wart, es eine Sondersitzung gegeben hat. Und wenn dort einstimmig beschlossen wird, dass die Ratsmitglieder von ihrem Amt zurücktreten, es Neuwahlen geben muss. So stand es zu mindestens in der Gazette della Regionale.« Signore Calerati steht auf und geht zu einem Tisch, auf dem mehrere Zeitungen und Zeitschriften liegen. Schnell hat er die entsprechende Regionalzeitung gefunden und reicht sie Francesco. »Hier, bitte, Signore Professore. Da steht es. Und da ihr nicht hier wart und dagegen gestimmt habt, verlief die Abstimmung einstimmig. Da ist nichts zu machen Signore Professore«, erklärt Calerati. Francesco überfliegt die Gazette. Aufgebracht haut er auf den Tisch, so dass Signore Calerati erschrocken zusammenzuckt. »Dieser Taugenichts von Mansardo. Dreht und wendet alles und jeden so, wie es ihm passt.« sagt Francesco wütend. Er schlingt die vorzügliche Portion Spaghetti in einem enormen Tempo hinunter und bezahlt seine Rechnung. Der Wein geht aufs Haus und traditionell verabschieden die Calerati den Herrn Professore mit einer intensiven Umarmung. »Ihr könnt euch sicher sein, Signore Professore, dass wir wieder für euch stimmen werden. Und wir sagen auch unseren Freunden dass sie euch wählen sollen.« Francesco bedankt sich bei den Caleratis und verlässt die Pizzeria.

Aufgebracht von diesen Nachrichten geht er schnellen Schrittes zu sich nach Hause, in sein Appartement in der vecchia strada, die nur 100 Meter weit von seiner Schule entfernt ist. Er hat die ganzen Tage keine Zeit gehabt, weder die Gazette zu lesen, noch seine Post zu bearbeiten. Nun erinnert er sich daran, dass, als er aus Mailand wieder heim kam und die Post aus dem Briefkasten holte, ein Brief dabei war, der zum einen keine Briefmarke hatte und zum anderen handschriftlich an ihn adressiert war. Und jetzt, als er näher darüber nachdenkt, fällt ihm auf, dass er diese Handschrift ganz genau kennt. Bei ihm daheim angekommen, läuft er so schnell er kann das Treppenhaus hoch in den zweiten Stock, wo sich seine

Dreizimmerwohnung befindet. Eigentlich hätte er viel lieber die Erdgeschosswohnung beziehen wollen, da er nichts mehr liebte als die Sommernächte draußen im Garten auf einem Liegestuhl zu verbringen. Leider war dies nicht möglich, da die Erdgeschosswohnung bereits bezogen und auch sonst in Schulnähe keine andere Erdgeschosswohnung mit Garten aufzutreiben war. Also musste er sich mit der Wohnung im zweiten Stock begnügen, die immerhin einen kleinen Balkon aufweist, von dem man einen schönen Blick auf den Lago Maggiore und die umliegenden Berge hat. Francesco ist nicht wirklich ordentlich. Zwar stapelt sich bei ihm kein dreckiges Geschirr, und gammelige Essensreste sucht man ebenso vergebens, aber Kleider, Schulunterlagen und Schuhe liegen teilweise in der ganzen Wohnung verstreut herum. Und natürlich hat er einen Ablagestapel für alle wichtigen und nicht ganz so wichtigen Dokumente, zu denen auch die Post gehört. Und tatsächlich, unter einem beträchtlichen Stapel von Posteingängen findet Francesco den Brief, an den er sich erinnert hat. Schnell öffnet er ihn und entdeckt im Briefkopf das Wappen des Regionalrats, das, wie sollte es auch anders sein, eine enorme Ähnlichkeit mit dem Familienwappen der Mansardos aufweist. Francesco überfliegt in Windeseile den Text. »Einladung zu einer außerordentlichen Sitzung des Regionalrates. Anlass: Abstimmung über vorgezogene Neuwahlen der Mitglieder. Bei Verhinderung der Anwesenheit rechtzeitig Bescheid geben zwecks Terminverlegung. Gezeichnet Antonio Vittore Mansardo, Vorsitzender des Regionalrats«. Das Datum auf dem Brief ist exakt jenes, an dem Francesco nach Mailand abgereist ist. Auf zwei Wochen später war die Abstimmung angelegt, exakt einen Tag, bevor er aus Mailand zurückgekommen war. Dieser Zeitraum war sehr wichtig, hatte man sich im Rat doch darauf geeinigt, dass zwei Wochen eine ausreichende Frist seien, um Sondersitzungen anzukündigen und dagegen Einspruch zu erheben. Es läuft also alles mit rechten Dingen zu. »Dieser Betrüger« denkt sich Francesco und läuft aufgeregt in seiner Wohnung auf und ab und merkt noch nicht einmal, dass er einen auf dem Boden liegenden Schuh aus Versehen durch einen Tritt unter sein Bett befördert. »Aber gut. Wenn er Neuwahlen haben möchte, dann soll er sie bekommen. Und ich werde wieder antreten und seinen Kandidaten besiegen, genauso wie letztes Jahr,« murmelt Francesco vor sich hin, während er sich langsam beruhigt. Er nimmt in seinem Sessel Platz, den er zuerst von alten Zeitungen und Werbeprospekten befreien muss, und überlegt, wer wohl sein Kontrahent bei der nun kommenden Wahl sein wird.

Gegen Abend sitzt Francesco in seinem Klassenraum und wartet auf das Ehepaar Mansardo. Normalerweise gibt es in der Schule mehrere Büros, in denen die Elterngespräche abgehalten werden, aber Francesco hat sich dazu entschlossen, diesen speziellen Fall in dem Klassenzimmer abzuhandeln. Unter anderem auch deswegen, weil dort die Stühle für die Kinder kleiner sind als normale Stühle und Signore Mansardo dann gezwungen ist, sich auf einen solchen Stuhl zu setzen und so der Größenunterschied zwischen Signore Mansardo und Francesco minimiert werden würde. Schließlich könnte Francesco von der Gestalt her beinahe zweimal in den Regionalratsvorsitzenden hinein passen, da dieser ein wohl genährter, kräftiger und großer Mann ist. Francesco hat dieser natürliche Sachverhalt nie gestört, aber er hofft, durch die Maßnahme der kleineren Stühle Signore Mansardo etwas zu verunsichern.

Um 18:00 Uhr ist Francesco mit den Mansardos in der Schule verabredet. Um 18:30 Uhr klopft es an der Zimmertür und die Türklinke zu dem Klassenzimmer wird hinunter gedrückt. Das Ehepaar Mansardo betritt gemeinsam den Unterrichtsraum.»Ah, der Herr Regionalratsvorsitzende und dessen verehrte Gemahlin. Bitte kommen Sie doch rein und nehmen sie Platz!«, begrüßt Francesco die Ankömmlinge.»Danke, sehr freundlich von Ihnen, Herr Professore. Auch wenn Sie anscheinend nicht genug gegessen haben, um ein paar ordentliche Stühle heranzuschaffen, so wie es sich gehört« entgegnet ihm Signore Mansardo, der den Raum vergeblich nach zwei Stühlen für Erwachsene absucht.»Nun, Signore Mansardo, so hat jeder seine Schwächen. Der eine kann keine Stühle tragen, und der andere ist nicht fähig die Zeit zu lesen, denn wir waren bereits vor mehr als 30 Minuten verabredet, wenn ich mich nicht irre. Und nun ist es bereits 18:33 Uhr.«»18:32 Uhr, wenn wir schon ganz genau sein wollen, lieber Professore. Und wenn wir gerade dabei sind: Ein Regionalratsvorsitzender hat Wichtigeres zu tun, als sich haargenau um die verabredete Zeit mit einem Grundschullehrer zu kümmern.«»Gibt es etwas Wichtigeres, als sich mit dem Menschen zu treffen und zu unterhalten, der den eigenen Sohn die nächsten Jahre betreut und der für ihn verantwortlich ist?«, erwidert Francesco, worauf Signore Mansardo jedoch nicht reagiert. Er und seine Frau setzen sich auf die Kinderstühle, wobei sie ein wenig im Hintergrund Platz nimmt und ihrem Mann den Vortritt lässt. Francesco räuspert sich und setzt sich in seinem Lehrerstuhl mit aufrecht gestrecktem Rücken in Position. Wie erhofft, ist Francesco mindestens genauso groß wie Signore Mansardo, für den die kleinen Kinderstühle sichtlich unbequem und unangenehm sind. Francesco beginnt rasch das Gespräch, in der Hoffnung, den Abend möglichst schnell hinter sich zu bringen. »Nun, es gibt mehrere Gründe, weswegen ich mich mit Ihnen verabredet habe, Signora und Signore Mansardo. Zum einen, um über Ihren Sohn Stephano zu sprechen. Er ist ja so begabt und intelligent. Er kommt bestimmt ganz nach seiner Mutter. Auch wenn der Herrgott ihm einen Streich gespielt hat und ihm das Aussehen seines Vaters mit auf den Weg gab.« Mansardos anfänglicher Stolz auf seinen Sohn und sein zufriedenes Grinsen wischen einem aufgebrachten Gesichtsausdruck. »Wie können Sie es wagen?« entgegnet er Francesco mit lauter Stimme. »Wieso?«, unterbricht ihn Francesco mit einem Ausdruck kindlicher Unschuld, als hätte er keine Ahnung weswegen Signore Mansardo sich aufregt. »Ich habe lediglich gesagt, dass der Sohn so intelligent und begabt ist wie seine Mutter und so aussieht wie sein Vater, aber gut, wenn Sie das als eine Beleidigung auffassen, mir soll das recht sein.« Wütend erhebt sich Signore Mansardo von seinem viel zu kleinen Stuhl. Doch bevor Schlimmeres geschehen kann, ergreift seine Frau von hinten seinen Arm und kann ihren Mann beruhigen, der daraufhin wieder Platz nimmt. »Haben Sie uns nicht hierher bestellt, weil es etwas über meinen Jungen zu besprechen gibt? Fangen wir an, damit wir das hier so schnell wie möglich hinter uns bringen können«, gibt Signore Mansardo von sich, um von dem Thema abzulenken. »Nun, in der Tat gibt es zwei Punkte, die

Stephano betreffen. Hm, wie soll ich sagen. Nun, obwohl er erst sechs Jahre alt ist, läuft er den Mädchen hinterher, auch den älteren in der zweiten und dritten Klasse, und hebt deren Röckchen hoch und rennt unter Belustigung und Beifall der Buben davon. Nur die Mädchen finden das wohl nicht so toll.« Stolz klopft sich Signore Mansardo auf die Brust »Ha! Mein Sohn! Was der sich traut. Der weiß jetzt schon, worauf es im Leben ankommt!« Nun erhebt auch Signora Mansardo den Kopf und schaut ihren Mann für wenige Sekunden verständnislos an, was dieser jedoch nicht registriert. Francesco hingegen hat diesen Moment genau gesehen. »Also das ist so, lieber Professore, wir haben wohl zweierlei unterschiedliche Ansichten von Erziehung. Und ich werde meinen Sohn so erziehen, wie es mir passt und Sie kinderloser, unverheirateter Möchtegernpädagoge werden mir hierbei keinerlei Auflagen machen können. Schließlich habe ich schon drei Töchter groß gezogen, die nun auf einem der besten Internate Norditaliens sind.« »Aber die sind nur auf den Internaten, weil Du es so wolltest. Weil es Mädchen sind und keine Jungs« ertönt die Stimmt von Signora Mansardo, die eine fast weinerliche Stimme zu Tage legt. »Ach sei still« befielt ihr Mann schroff. »Was weißt Du denn schon, Frau.«

Francesco hat wohl unwissentlich in ein Wespennest gestochen. Signore Mansardo, der *Papa Mansardo*, der Herrscher über die Region und selbsternannte Regionalratsvorsitzende, schaut für einen kurzen Moment von seinem Kinderstuhl aus verlegen und unbeholfen auf den Boden. Wie ein Kind, das Kummer hat und nicht weiterweiß. Francesco verspürt in diesem Moment ein Gefühl für Signore Mansardo, was er niemals für möglich gehalten hätte:

Mitleid.

Um eine familiäre Eskalation im Klassenzimmer zu verhindern, fährt Francesco fort. »Nun, der nächste und letzte Punkt, der Stephano betrifft, ist etwas erfreulicher.« Francesco versucht ein Lächeln aufzusetzen, was ihm aber nur schwerlich gelingt. »Was gibt es denn noch?« entgegnet ihm Signore Mansardo, der sich wieder gefasst hat und kühler und erhobener als je zuvor seinen Mann steht. Mittlerweile ist er es, der eine gerade Stellung eingenommen hat und körperlich Francesco nun wieder überragt. »Stephano ist schnell und flink, das habe ich ja ausgiebig erkennen können« sagt Francesco. Wir benötigen für unsere Fußballmannschaft noch einen Stürmer und ich würde gerne Stephano dafür vorschlagen. Das bedeutet drei Mal in der Woche zusätzlichen Nachmittagssportunterricht bei unserem Sportlehrer. Und wenn er gut genug ist, kann er dann an Wochenenden gegen andere Mannschaften für uns antreten.« »Nachmittags soll mein Sohn noch länger als nötig in diesem Haus Zeit verbringen?« erwidert Signore Mansardo, der dabei die Blicke seiner Frau sucht, die ihn jedoch nicht anschaut. »Das müssen Sie meine Frau fragen«, gibt Signore Mansardo von sich. »Signora Mansardo, darf Stephano in unserer Fußballmannschaft mitspielen?«, fragt Francesco, den Blick nur auf sie gerichtet. Immer noch die Augen zum Boden geneigt gibt sie nickend ihr Einverständnis dafür. »Na gut, ein wenig körperliche Ertüchtigung kann dem Kleinen ja nicht schaden«, sagt Signore Mansardo mit gelassener Stimme, um die Situation wieder unter Kontrolle zu bekommen.

»Sonst noch etwas oder können wir nun endlich gehen?« fragt er

Franscesco, der darauf antwortet: »Das andere noch zu besprechende Thema eignet sich nicht für diesen Augenblick. Ich denke es wäre nicht fair von mir, Sie in ihrem jetzigen Zustand mit einem außerschulischen Problem zu belästigen, Herr Regionalratsvorsitzender. In diesem Sinne. Guten Abend, Signora und Signore Mansardo.« Ohne sich zu verabschieden, verlassen die Mansardos hastig den Raum. Noch einige Sekunden lang hört Francesco die hallenden Schritte auf dem Korridor, der zum Ausgang der Schule führt. Erst nachdem Francesco sich sicher ist, dass die Mansardos tatsächlich nicht mehr in dem Gebäude sind, packt auch er seine Sachen. Er löscht das Licht des Zimmers und schließt die Tür ab. Francesco begibt sich in Richtung Ausgang. Noch bevor er das Schulgebäude verlässt, kommt er an dem Musikraum vorbei, in dem Maria Andretti oft mit den Kindern musiziert. Es brennt noch Licht und daher schaut Francesco hinein. Drinnen sitzt Maria und putzt die Schulinstrumente. Sie bemerkt Francesco sofort. Ein freudiges Lächeln überzieht ihr Gesicht. Sie steht auf und geht rasch zu ihm, um ihn zu begrüßen. Dabei vergisst sie leider, dass überall um sie herum Instrumente liegen. Sie gerät ins Stolpern und landet so ungeschickt mit ihrem linken Fuß in der Trommel. »Oh nein, die schöne Trommel«, jammert sie. »Das wird Ärger geben und dem Schuletat-Sparstrumpf mal wieder ein ungewolltes Loch zufügen.« »Wohl eher ein Löchlein, denn die Trommel ist ja nicht komplett kaputt, man muss sie nur ein wenig reparieren lassen«, versucht Francesco die Lage etwas zu entspannen. Francesco mag Maria sehr. Vor knapp 15 Jahren kamen sie etwa zeitgleich an diese Schule. Er, weil er als gebürtiger Römer noch nie im Norden des Landes war und diesen Teil Italiens auch mal kennen lernen wollte. Sie, weil sie diese Gegend um den Lago Maggiore liebt wie keinen anderen Platz auf dieser Erde. Für ihn wurde das Dorf an dem großen See zur Wahlheimat. Auch er ist mit der Zeit von der Romantik und dem Kontrast des Wassers und der Berge gefangen genommen worden. Nicht zuletzt lieben beide die Art der Menschen hier an dem See. Diese Herzlichkeit, diesen Frohsinn. Nicht unbedingt die Ehrlichkeit, denn die wird hier nicht sehr häufig angewendet. Allerdings ist es eine andere Art von Unehrlichkeit. Man lügt hier nicht um seiner selbst willen, sondern um andere nicht zu verletzen oder ihnen eine Freude zu bereiten. Einst hat eine sehr korpulente ältere Signora doch wirklich allen Ernstes ein paar junge Männer gefragt, ob sie zu dick sei, was diese vehement verneinten und mit ihr Pizza essen gegangen sind. Einzig die Kinder sind ehrlich, denn sie sind von den Erwachsenen noch nicht zur Falschaussage erzogen worden. Und das ist mit ein bedeutender Grund, weswegen Francesco und Maria ihren Beruf so sehr mögen.

Die beiden Lehrer räumen die Musikinstrumente in den Schrank, schließen die Tür und verlassen gemeinsam das Gebäude. Es ist bereits weit nach 22:00 Uhr. Die Nacht ist sternenklar und lauwarm. Der Spätsommer strengt sich die Tage nochmal richtig an, um sich würdevoll zu verabschieden.

»Ist das nicht eine wundervolle Nacht?« fragt Maria ihren Kollegen, der daraufhin ebenfalls seinen Kopf in den Nacken legt und nach oben schaut. Kopfnickend bestätigt er stumm Marias Worte. »Dann einen schönen Abend noch und bis Montag« sagt sie zu ihm und beginnt sich langsam zu entfernen.

»Signora Andretti, warten Sie bitte,« ruft Francesco hinter ihr her. Maria hält an und dreht sich Francesco zu. »Was ist denn noch, Signore Gespucci?« fragt sie ihn mit neugieriger Stimme. Mit langsamen Schritten nähert er sich ihr. Direkt vor ihr kommt er zum Stehen. Für gewöhnlich hat er keine Probleme damit, Worte zu finden. Doch nun, als er sie im Sternenlicht betrachtet, ist ihm entfallen, was er sagen wollte. Nach einer kurzen Weile beginnt er etwas verlegen sein Anliegen vorzutragen: »Nun, es ist schon sehr spät, und eine Frau wie Sie sollte um diese Uhrzeit nicht mehr alleine nach Hause laufen. Hätten Sie etwas dagegen, wenn ich Sie nach Hause begleite? Bis unten vor Ihre Tür?« Überrascht aber keineswegs abgeneigt willigt Maria in sein Angebot ein. Beide erzählen sich auf dem Nachhauseweg, was ihnen in dieser Woche in ihren Klassen so passiert ist. Sie lachen und amüsieren sich prächtig und spielen sich die Bälle gegenseitig zu, wie es so schön heißt. Marias Wohnung liegt ein wenig weiter entfernt von der Schule als Francescos. Dennoch begleitet er sie wie besprochen bis vor die Eingangstür des Hauses, in dem sie ihre Wohnung hat. »Die Unterhaltung mit Ihnen, Signora Andretti, war wundervoll. Ich habe lange nicht mehr so intensiv gelacht.« »Oh ja«, stimmt sie mit ein. »Es war ein wunderschöner Spaziergang. Man hat gar nicht gemerkt, wie schnell der Kilometer vorüber war, den wir gerade gelaufen sind, nicht wahr, Francesco?« Kurz steht Francesco irritiert da. Was hat sie da eben gesagt? Francesco! Ob sie es absichtlich getan hat oder nicht, das weiß er nicht, aber sie hat ihn bei seinem Vornamen genannt. In der Schule hat er sie ab und zu aus Versehen mal mit

Maria angeredet, aber er kann sich nicht daran erinnern, dass sie ihn jemals Francesco genannt hat. Sie anlächelnd erwidert er »Ja, man hat den Weg gar nicht gemerkt. Nun muss ich aber zurück. Schlafen Sie gut. Maria.« Er gibt ihr rasch eine kurze Umarmung, die so plötzlich und schnell gewesen ist, dass sie keine Zeit hat darauf zu reagieren. Winkend läuft er die Straße hinunter in Richtung seines Appartements. Sie winkt ihm so lange nach, bis er nicht mehr zu sehen ist. Dann holt sie den Wohnungsschlüssel aus ihrer Handtasche und öffnet die Haustür. Mit einem Lächeln im Gesicht denkt sie an die Umarmung und wiederholt leise, wie er sie bei der Verabschiedung angeredet hat: »Maria«!

Auf seinem Nachhauseweg muss Francesco an diesem Abend über zwei neue Erfahrungen nachdenken. Zum einen, dass er Mitleid für Signore Mansardo empfinden kann. Etwas, was er niemals für möglich gehalten hat. Zum anderen war da noch ein weiteres Gefühl, welches mit Maria zu tun hat. Obwohl er sie nun 15 lange Jahre kennt und einiges über sie weiß, ist da etwas Neues hinzugekommen, was er sich jedoch nicht erklären kann.

Der schwarze Maserati fährt aus dem Dorf raus und jagt die Bergstraße hinauf. Nur zehn Minuten sind seit dem Gespräch mit dem Klassenlehrer ihres Sohnes Stephano vergangen. Etwa genauso lange dauert es auch, mit dem Auto vom Dorf bis zu der Villa Mansardo zu fahren, aber heute schafft Signore Mansardo die Strecke beinahe in der Hälfte der Zeit. »Fahr nicht so schnell oder willst Du uns beide noch umbringen?«, sagt Gloria zu ihrem Mann. »Ich fahr wie es mir passt!« entgegnet er ihr schroff. »Antonio, bitte fahr langsamer. Ich habe Angst.« Mit teilweise quietschenden Reifen rast Signore Mansardo durch die Kurven hinauf zu seiner Villa. »So, Du meinst also, ich würde unseren Töchtern nur deswegen die beste Bildung bieten, die man in Italien bekommen kann an, weil ich möchte, dass sie fort von hier sind? Wie oft, Gloria, habe ich mit Ihnen etwas gemeinsam unternommen? Bin mit Ihnen nach Mailand gefahren und habe ihnen die neuste Mode gekauft? Waren wir nicht alle zusammen letztes Jahr in der Arena di Verona und haben uns Othello angesehen? Und haben wir Stephano dann nicht allein hier bei meiner Mutter zurück gelassen? Wie oft, Gloria, habe ich etwas mit meinen Töchtern unternommen? Und Du wagst es mir vorzuhalten, ich würde Stephano bevorzugen und die Mädchen vernachlässigen?« Antonio schreit seine Frau an, die sich daraufhin in den Ledersitz des Sportwagens zurückzieht. So ist es immer schon gewesen. Ihr Mann wird schnell laut und sie sagt dann nichts mehr und igelt sich ein. »Und überhaupt, wenn es nach mir gegangen wäre, dann wäre unser Sohn nicht dort in dieser Schule, sondern hätte einen Privatlehrer. Du bist es, die wollte, dass er auf diese Schule geht. Ich habe es zugelassen und bin Dir und Stephano entgegen gekommen. Vergiss das nicht.« Als sie durch die Auffahrt in den Hof ihres Anwesens fahren und er das Auto abstellt, gesteht ihm Gloria mit weinerlicher Stimme: »Ich vermisse meine Töchter so sehr.« Schnell öffnet sie anschließend die Wagentür und will nach drinnen rennen. Antonio eilt ebenfalls hastig aus dem schwarzen Maserati und noch bevor Gloria das Türschloss öffnet, erreicht er sie, packt sie an ihrer Hand und sagt in ernstem Ton zu ihr: »Wage es ja nicht mehr mich vor anderen Leuten so zu blamieren und bloßzustellen, wie Du es vorhin in dem Klassenzimmer vor diesem Gespucci getan hast, sonst…«. »Sonst?« entgegnet Maria ihm kühl und schließt die Tür auf.

Im Foyer der Villa sitzt auf einer der unteren Treppenstufen Stephano, der auf seine Eltern wartet. Sofort läuft er den beiden entgegen und möchte ihnen ein von ihm gezeichnetes Bild präsentieren. Gloria kommt zu ihm und umarmt ihn innig, während sie ein wenig zu schluchzen und zu weinen beginnt. »Mama, was ist los mit dir, Mama? Was hat sie denn, Papa?« fragt Stephano seine Eltern, die sich gegenseitig keine Beachtung mehr schenken. »Nichts, alles ist gut«, antwortet Signore Mansardo in ruhigem Ton und versucht seinen Sohn anzulächeln, was ihm aber sichtlich schwer fällt. Er streichelt Stephano mit seinen großen Händen über den Kopf und betrachtet dabei das Bild, das Stephano gemalt hat. Es zeigt die Villa der Mansardos. Davor befindet sich der schwarze Maserati des Vaters und die weiße Mercedeslimousine, die als Familienfahrzeug genutzt wird. Daneben steht die gesamte Familie Mansardo: Signore Mansardo und seine Frau, Stephano und seine drei Schwestern sowie die Großmutter Mansardo. Während Signore Mansardo das Bild intensiv betrachtet, setzt sich Gloria auf eine kleine Marmorbank, die an der Wand des Foyers aufgestellt ist. traurig und mit leerem Blick starrt sie auf den Boden. Nachdem Signore Mansardo das Bild an Stephano zurück gegeben hat, geht er wortlos an seiner Frau vorbei in sein Arbeitszimmer, das direkt an das Foyer anschließt. Stephano möchte seinem Vater folgen. Jedoch kommt er nicht dazu sein Vorhaben in die Tat umzusetzen. »Stephano, geh rauf in Dein Zimmer!« befiehlt eine Stimme. »Aber

Oma, ich möchte bei Papa sein, denn...« »Stephano. Du gehst sofort rauf in dein Zimmer. Ich dulde keine Widerrede!« unterbricht ihn seine Großmutter.« »Jawohl, Signora Mansardo« sagt Stephano gehorsam und demütig. Er gibt seiner Großmutter und seiner Mutter jeweils einen Kuss auf die Wange. Anschließend geht er die Treppe hinauf und verschwindet in seinem Schlafzimmer. »Und Du Gloria, folgst mir!« Signora Mansardo geht in die Küche und Gloria geht hinter ihr her. »Hier, nimm Dir einen Tee und höre mir zu.« Die alte Dame schenkt sich und ihrer Schwiegertochter einen Kamillentee ein und setzt sich zu ihr an den Esstisch. »Du bist eine Mansardo. Genau wie ich. Wir beide sind das geworden, indem wir uns in diese ehrwürdige Familie eingeheiratet haben. Wir haben viele Rechte aber auch genauso viele Pflichten. Und unsere höchste Pflicht, liebe Gloria, ist die Treue unserer Familie gegenüber.« Gloria nimmt einen Schluck Tee und sieht die Signora an. Jedoch gelingt es ihr nicht, deren strengen Blicken standzuhalten. »Begreifst Du denn nicht, Kind. Mein Sohn, dein Mann Antonio, ist für das Glück dieser Region verantwortlich. Er bestimmt, ob es uns und den vielen Menschen, die hier leben, gut oder schlecht gehen wird. Und um das zu bewirken, braucht er einen Rückhalt, den nur wir ihm geben können, hast du verstanden?« Gloria nickt. »Antonio liebt dich. Und alle eure Kinder. Das weiß ich. Und Du weißt es auch. Besinne dich auf Deine Pflichten, Gloria, und du wirst sehen, dass, wenn Du sie einhältst, Dein persönliches Glück ganz von alleine vollkommen sein wird.« »Jawohl« seufzt Gloria ihrer Schwiegermutter entgegen. »Es ist schon spät. Gehe schlafen und ruhe dich aus, ich räume das hier für Dich auf. Gute Nacht, mein Kind.« Die Signora gibt ihrer

Schwiegertochter einen Kuss auf die Stirn, die danach zu Bett geht. Oben im Schlafzimmer angekommen, wartet bereits Antonio auf seine Frau. »Möchtest Du dass ich unten schlafe?« fragt er sie. Gloria geht zu ihm ins Bett und umarmt ihn. Nach einem kurzen Moment der Stille flüstert sie in sein Ohr: »Verzeih mir, ich bin Dein und Du bist mein, aber mach, dass alles gut wird. Zeig mir, dass Du mich noch so liebst wie an unserer Hochzeit und zeig mir vor allem, dass Du unsere Kinder liebst. Und zwar jedes einzelne.« »Das werde ich. Ich verspreche es Dir«, sagt er zu ihr und drückt sie fest an sich, während er den Lichtschalter betätigt und es im Zimmer dunkel wird.

Am Samstagmorgen wird Francesco unsanft geweckt. Wobei morgen bei ihm meist 12:00 Uhr mittags bedeutet, da er an freien Tagen lange ausschläft und erst um die Mittagszeit sein Bett verlässt. Er schaut auf den Wecker, der direkt auf dem hölzernen Nachttischschränkchen neben seinem Bett steht. 11:22 Uhr. Francesco zieht seine weiße Bettdecke zur Seite und richtet sich auf. Seinen zweiten Hausschuh kann er nicht finden, da er diesen am Vorabend aus Versehen unter sein Bett befördert hat und zu bequem war sich zu bücken und ihn zu holen. Daher begibt sich Francesco barfuß und noch eine wenig schlaftrunken an sein Fenster. Doch seine Müdigkeit sollte ihm rasch vergehen. Draußen auf der Straße fährt ein Wagen mit einem Lautsprecher vorbei. Auf dem Auto sind Plakate mit dem Gesicht des Signore Solodini aufgeklebt. Solodini ist der Eigentümer des „Generali", dem größten Supermarkt des Dorfes. Aber was da aus den Lautsprechern heraus kommt, hat wenig mit Supermarktwerbung zu tun.« »Wählt am nächsten Samstag Solodini« schallt es durch die Luft. »Solodini soll unser Mann im Regionalrat werden. Wählt Solodini, ein Mann aus eurer Mitte«. Der unverschämteste Spruch aber war »Gewinnt Solodini die Wahl, bekommt jeder Einwohner im Generali ein Jahr lang 10% Rabatt auf alles«. »Betrug« schimpft Francesco ärgerlich vor sich hin. »Wahlbetrug. Lockt die Leute durch Prozente beim Generali«. Aufgebracht von dieser Nachricht macht sich Francesco fertig, isst im Vorbeigehen ein paar alte Panini und eilt zu dem Mann, der nun überall im Dorf publiziert wird und als neues Regionalratsmitglied aufgestellt werden soll.

Allessandro Solodini ist als netter umgänglicher Mann Ende 50 bekannt. Er ist ein geachteter Bürger des Dorfes, der für seine ruhige, sachliche Art bekannt ist. Sein Alter sieht man ihm aber nicht an, unter anderem auch deswegen, weil er seine teilweise ergrauten Haare dunkelblond färbt. Mit den Jahren hat er ein kleines Wohlstandsbäuchlein bekommen. Er ist höflich zu jedermann und stets adrett gekleidet, so wie es sich für den Besitzer des größten Supermarktes und einen der reichsten Männer des Dorfes auch gehört. Zusammen mit seiner Frau besitzt er eine große Villa, von der man einen einmaligen Panoramablick über den See hat. Die Architektur des Gebäudes weist einen altrömischen Stil auf. Er hat eine liebevolle schlanke Gemahlin, die nur einen Tag nach ihm geboren wurde, und ihm zwei Söhne geschenkt hat. Letztere sind schon außer Haus und leben in Verona und Venedig. Seine Frau Andrea war einst Unterwäschemodel. Und auch heute noch ist sie trotz ihres leicht fortgeschrittenen Alters eine sehr ansehnliche

Dame, die sich modebewusst kleidet und mindestens einmal pro Monat einen Friseurtermin wahrnimmt, um sich nach allen Regeln der Kunst frisieren zu lassen. Sie ist weitaus attraktiver als manche Frauen, die 10 oder gar 20 Jahre jünger sind als sie. Als junger Mann war Signore Solodini ein begeisterter Motorradrennfahrer. Kennengelernt haben sie sich, als er bei einem Rennen auf den ersten Platz gefahren ist und sie ihm bei der Siegerehrung das Siegerküsschen gegeben hat. Bei beiden hatte es auf Anhieb gefunkt. Sie hat immer zu ihm gehalten, auch nachdem er bei einem Rennen so schwer gestürzt war, dass er eine bleibende Beinverletzung zurück behalten hat, was das Aus für ihn und seine Motorradrennen bedeutete. Seitdem zieht er sein rechtes Bein immer ein wenig hinter sich her. Er begann dann seine kaufmännische Laufbahn mit der Eröffnung eines Motorradgeschäftes. Hinzu kamen immer mehr Waren, die immer weniger mit Motorrädern zu tun hatten. Bald konnte man in seinem Supermarkt, im Generali, alles Mögliche kaufen, sowohl Motorradzubehör, als auch Lebensmittel und Baumarktwaren. Dies sprach sich herum, und die Kunden kamen auch aus den umliegenden Dörfern zu ihm. Heute sind die Solodinis leidenschaftliche Gärtner. In jeder freien Minute widmen sie sich ihrem Garten und verändern ihn stetig. Sobald sie mit einer Sache fertig sind, haben sie wieder etwas anderes gefunden, was ihnen nicht gefällt und was erneuert werden muss. Einmal haben ihre Kinder ihnen zum Geburtstag einen Gärtner geschenkt, der die ganze Arbeit erledigen sollte. Der arme Mann wurde im Viertelstundentakt darauf hingewiesen, was er alles falsch mache und wie es richtig zu sein hat. Das ging so weit, dass der Gärtner, der eigentlich für zwei

Tage bestellt worden war, am zweiten Tag seine Arbeit bei den Solodinis hinwarf. Die beiden waren so perplex, dass sie dem Mann dennoch sein Gehalt ausgezahlt haben. Nur wenige Minuten später schnallten sie sich die Schürze um, holten Spaten, Hacke und Heckenschere und machten sich über ihren Garten her.

Geldfixiert oder geizig sind die Solodinis nicht. Sie zahlen ihren Angestellten sehr hohe Löhne und bieten ihnen gute Sozialleistungen, was eigentlich in dieser Höhe nicht sein müsste. Sie lieben die Harmonie in jeder Hinsicht. Gut behandelte Arbeiter und Angestellte meckern nicht und leisten bessere Arbeit. Vor allem gibt es mit ihnen keine Probleme, meinte Signore Solodini einmal. Und gerade dieser Umstand macht es für Francesco umso unverständlicher, dass Signore Solodini sich jetzt in die Politik einmischen möchte. In Politik, einem Gebiet, bei dem es von Streitereien und Intrigen nur so wimmelt und es letztendlich doch wieder nur um Geld und Macht geht. Diesem unnatürlichen Sachverhalt muss Francesco auf den Grund gehen. Sein Bauchgefühl sagt ihm eindeutig, dass da etwas nicht mit rechten Dingen zugeht, und er muss herausfinden, was es ist. Auf seinem Weg zu den Solodinis fällt Francesco gar nicht auf, dass er von vielen Menschen gegrüßt wird. Die meisten sind die Eltern und Familienangehörige seiner ehemaligen Schüler, aber auch andere, die in der Gazette della Regionale über Francescos Aktivitäten als Ratsmitglied gelesen haben. Sicher hat auch die Familie Calerati, Besitzer der Pizzeria Siciliana, dazu beigetragen, Francescos Popularität zu steigern. Francesco hat zweifelsohne viele Befürworter, die ihn wieder wählen werden, aber ob dies für seinen angestrebten Wahlsieg ausreichen wird, ist ungewiss.

Angekommen bei der Villa der Solodinis werden Francescos schlimmste Befürchtungen wahr. Vom Zaun aus sieht er Signora Solodini die - wie sollte es auch anders sein - mit Gartenarbeit beschäftigt ist. Ihr Ehegatte jedoch sitzt auf der Terrasse mit einer Flasche Wein und unterhält sich mit einem Mann, den Francesco zwar nur von hinten sehen kann, ihn aber dennoch eindeutig erkennt. Es ist kein geringerer als Signore Mansardo. »Der steckt also wieder einmal dahinter« murmelt Francesco vor sich hin und legt seine Stirn in nachdenkliche Falten. Noch bevor Francesco die Haustür mit der daneben sich befindenden Klingel erreicht, sieht er den schwarzen Maserati der Mansardos. Außerhalb des Fahrzeuges steht Signora Mansardo und telefoniert mit ihrem Mobiltelefon. Sie hat Francesco den Rücken zugekehrt und ihn noch nicht bemerkt. Während sie in der einen Hand das Handy hält, zieht sie mit der anderen an einer Zigarette. Aufgeregt redet sie in das Telefon: »Nein Mama, wenn es so weiter geht, dann geh ich weg. Ich packe meine Sachen und hau von heute auf morgen ab. Und Stephano nehme ich mit. Ich weiß nicht wohin, Hauptsache weg. Was? Ja, er liebt mich wahrscheinlich noch. Aber auf seine Weise. Eben auf die Mansardoweise. Ich? Nun, ich denke schon, dass ich ihn auch noch liebe. Ja, sicher tu ich das noch, aber ob das allein ausreicht, weiß ich nicht. Ist gut Mama, ich werde noch abwarten. Ja Mama. Gut Mama. Ich dich auch Mama. Ciao.« Nachdem sie das Telefonat beendet hat, dreht sich Signora Mansardo um und erblickt Francesco. Sie ist sichtbar davon überrascht, dass sie ihn ausgerechnet in diesem Moment hier antrifft. »Los, antworten Sie, Signore Gespucci, haben Sie das ganze

Gespräch mitgehört?« fragt sie ihn mit unsicherer aber strenger Stimme. »Nun, zumindest den Schluss. Ich wollte ja eigentlich nicht, aber sie waren so laut und hier war es so leise und da…« »Da blieb ihnen nichts anderes übrig als da zu stehen und mich zu belauschen, nicht wahr?« lächelt sie ihn zynisch an. »Nun, werden sie meinem Mann erzählen, was sie gerade gehört haben?« »Warum sollte ich?« antwortet er knapp. »Ich sehe keinen Grund, warum mich ihre innerfamiliäre Situation etwas angehen sollte. Ich werde nichts sagen, doch hoffe ich, dass Sie mir dann entgegenkommen und mir ein paar Fragen beantworten können, Signora Mansardo« sagt Francesco zu ihr. »Das nennt man Erpressung« faucht sie ihn an. »Das nennt man Verhandlung« entgegnet er ihr wieder. »Sehen Sie, mich interessieren nur zwei wesentliche Dinge, Signora Mansardo.« »Und welche sind das?« fragt sie ihn. » Zum einen, weshalb wurde Stephano bei uns eingeschult, anstatt einen Privatlehrer für ihn zu engagieren? Und wieso war ihr Mann bei der Einschulung nicht dabei?« »Und zweitens?« hakt sie nach. »Und zweitens: Was hat ihr Mann mit Signore Solodini vor? Und warum tritt Signore Solodini zu dieser Wahl an, obwohl Politik gewiss nicht zu seinen Hobbys gehört, was jedem bekannt sein dürfte?« »Zu ihrer zweiten Frage kann ich leider nichts sagen« erwidert ihm die Signora. »Aber ihre erste kann ich Ihnen zumindest teilweise beantworten. Und ein paar weitere Details kann ich Ihnen auch noch dazu geben.« Gespannt wartet Francesco auf die Neuigkeiten, die er gleich erfahren würde. Doch statt der erhofften Antwort wird das Gespräch unterbrochen, da Signore Solodini und Signore Mansardo sich in Richtung Ausgang bewegen. »Schnell, sie sind fertig« sagt Signora Mansardo hastig und gibt Francesco mit einer deutlichen Handbewegung zu verstehen, dass dieser gehen soll. »Hier ist meine Karte. Rufen Sie mich heute Abend um 20:00 Uhr an. Dann kann ich vielleicht reden. Und nun gehen Sie« befiehlt sie ihm, während sie ihre Zigarette ausdrückt, sich in den Maserati setzt und auf ihren Mann wartet. Francesco verlässt schnellen Schrittes den Parkplatz und geht zurück ins Dorf. Allerdings wählt er einen so unglücklichen Weg, dass er direkt am Zaun des Anwesens der Solodinis entlangläuft. Er schaut in den Garten und sieht dort Signore Mansardo. Zwar wechselt Francesco unverzüglich die Straßenseite, um außer Sichtweite zu gelangen, aber dennoch ist er sich sicher, dass Signore Mansardo auch ihn gesehen und erkannt haben muss. Francesco ist es unangenehm, dass Signore Mansardo nun weiß, dass er hier war. Er hofft, dass Signore Mansardo nicht auf die Idee kommt, dass er sich mit der Signora Mansardo unterhalten hat und bald wieder unterhalten wird.

Signore Mansardo steigt erfreut in seinen Wagen ein »So, Herrn Solodini habe ich am Haken. Der spielt mit. Mit ihm habe ich ein bekanntes Gesicht, das den Einwohnern des Dorfes nicht unangenehm ist und der sicher gewählt wird. Diesen Gespucci werde ich schon besiegen. Übrigens. Ich habe ihn gerade eben hier oben herumschleichen sehen. Hast Du ihn gesehen oder hat er dich angesprochen?« fragt er seine Frau. »Nein, ich habe ihn nicht gesehen. Ich habe geraucht und mit meiner Mutter telefoniert. Hier, Du kannst die Wahlwiderholungstaste meines Telefons drücken, wenn Du mir nicht glaubst« entgegnet sie ihm und hält ihr Handy demonstrativ zu ihm hinüber. Nach wenigen Sekunden nimmt er zu ihrer Überraschung das Telefon an sich und drückt die entsprechende Taste, um die zuletzt gewählte Nummer anzuzeigen. Auf dem Display erscheint die Nummer seiner Schwiegermutter. Er hält ein wenig inne und gibt ihr das Telefon zurück, das sie in ihrer Handtasche verschwinden lässt. Während er losfährt und sie aus dem Fenster schaut, sagt er in leisem Ton »Entschuldige, Gloria, dass ich an Deinen Worten gezweifelt habe.« Nachdem sie ein paar Minuten schweigend gefahren sind, wechselt er das Thema und versucht ein Gespräch anzufangen, um die Situation wieder etwas aufzulockern. »Morgen, direkt nach der Mittagsmesse, startet unser zweiter Teil des Wahlkampfes. Wenn das alles gelingt, so wie ich mir das vorstelle, haben wir den Wahlsieg schon so gut wie in der Tasche.« Gloria Mansardo nimmt die Worte ihres Mannes teilnahmslos hin. Signore Mansardo registriert dies und beginnt mit einer anderen Angelegenheit, bei der er sich mehr Emotionen von seiner Frau verspricht. »Am Mittwochabend findet in dem Ort unten am See ein Tanzabend statt. Viele prominente Leute der Region sind dort zu sehen. Ich denke, Du solltest Dir was Schönes dazu anziehen, damit wir uns dort zeigen können.« »Wie Du meinst« antwortet sie ihm gelassen. »Stephano wird bei meiner Mutter bleiben. Und noch etwas. Diesen Abend werde ich auch dafür nutzen, um dir zu zeigen, dass ich meine Versprechen ernst meine. Es wird alles wieder gut zwischen uns, so wahr ich Mansardo heiße.« Er legt seine Hand auf ihr linkes Bein. Sie schaut ihn kurz an und dann wieder nach draußen auf die Straße. Eine Träne kullert aus ihren Augen die Wange herunter, während das Auto mit den beiden Mansardos auf der Bergstraße in Richtung Villa dahinfährt.

Kevin Short trägt seinen Namen völlig zu unrecht. Der Sport- und Englischlehrer ist mindestens einen Meter und neunzig groß. Sein hünenhafter, athletischer Körperbau, seine hellere Haut und seine markanten, roten Haare deuten schon darauf hin, dass er kein Italiener ist. Spätestens an seinem nicht ganz akzentfreien Italienisch kann man seine irische Herkunft erkennen. Erst vor drei Jahren ist er hierher gezogen. Isabella, seine Frau, hatte ein Jahr lang in Irland gearbeitet und da haben sie sich kennen und lieben gelernt. Sie sagte, wenn du mich willst, dann musst Du italienisch lernen und mit mir an den Lago Maggiore gehen. Und keine zwei Wochen später hat er seine Sachen gepackt und ist mir ihr hierher gezogen. Er war schon in Irland Lehrer an einer Schule gewesen. Allerdings für ältere Schüler, die kurz davor waren, ihren Schulabschluss zu machen. Aber da in dem Dorf ein Sportlehrer gebraucht wurde, bekam er eine kurze Zusatzausbildung und schon wurde er an der Grundschule eingestellt. Den Unterricht gestaltet er sehr lässig. Er gibt selten Hausaufgaben auf. Das liegt in erster Linie daran, dass er schlicht zu faul ist, diese zu kontrollieren.

Eigentlich ist es unter seiner Würde, die kleinen Kinder zu unterrichten. Erst recht verabscheut er es, wenn mal wieder eins sich in die Hose gemacht hat und er diese dann wechseln muss. Auch nervt es ihn, wenn die Kinder, aus welchen Gründen auch immer, anfangen zu heulen. »Ich bin hier um zu unterrichten und nicht um zu erziehen,« hat er mal einer Mutter im Rahmen eines Elterngespräches gesagt. In einem jedoch hat auch Kevin eine Beschäftigung gefunden, die ihn ganz in Anspruch nimmt und bei der er richtig aufgeht: Er trainiert und betreut die örtliche

Kinderfußballmannschaft. Er fährt mit ihnen zu den Spielen gegen andere Schulen und zeigt ihnen wie Fußball richtig gespielt wird. Die Italiener sind seiner Meinung nach viel zu verspielt bei diesem Sport. Fußball sei ein harter Sport, bei dem Körpereinsatz gefordert wird. Auf die Frage, wie die irische Mannschaft gegen die italienische Nationalelf beim letzten Aufeinandertreffen abgeschnitten hat, meint er, dass die Italiener nur Glück gehabt hätten und dass der Schiedsrichter sicher von der Mafia bestochen oder bedroht worden sei. Bei Kevin trainieren Jungen und Mädchen zusammen. Es gibt lediglich ein Team, in dem sowohl Mädchen wie auch Jungen aufgestellt werden. Kevin ist nur wichtig, dass die Leistung stimmt. Dabei hat er sich des Öfteren auch schon mal mit den impulsiven Vätern der nicht aufgestellten Jungen angelegt. Die wollten unbedingt, dass ihre Söhne spielten und dass er dafür doch die Mädchen hinauswerfen könnte. Aber Kevin lässt sich nicht in seine Arbeit reinreden. Zweimal schon hat er sich mit Vätern geprügelt. Stets ging er als Sieger hervor, was ihm bei den Italienern einen gewissen Respekt eingebracht hat.

Der Sportplatz befindet sich direkt angrenzend an die Grundschule. Natürlich ist er bei weitem nicht so groß wie ein richtiges Fußballfeld. Um den Platz herum befindet sich außerdem eine Laufbahn für Wettläufe und ein Sandkuhle für Weitsprünge. Umgeben ist er von einem hohen Zaun, so dass die Bälle nicht zu weit weg fliegen können. Zwei Tore stehen sich gegenüber, bei denen sogar das Tornetz intakt ist. Der Rasen ist durch die Trockenheit und die dauernde Nutzung ziemlich in Mitleidenschaft gezogen. Bei manchem Training und bei Spielen gegen andere

Mannschaften stehen außerhalb des Zauns die näheren Verwandten, die ihren Kindern, Neffen oder Enkeln zuschauen. Kraftvoll lässt Kevin seine Pfeife erklingen. Die Schüler der zweiten bis vierten Klasse stellen sich in Reih und Glied in Zweierreihen auf. Vorne die Zweitklässler und kleineren Drittklässler, hinten die größeren Drittklässler und die Viertklässler. Kevin stellt sich vor seiner Mannschaft auf und ergreift das Wort: »So, wir haben heute Zuwachs bekommen. Frischfleisch. Neue Erstklässler« schreit er hervor wie ein Sergeant, der ankündigt, dass neue Rekruten eingetroffen sind. »Letztes Jahr wurden wir Regionalmeister. Allerdings war das Ergebnis äußerst knapp. Diese Saison möchte ich von euch mehr sehen. Ich möchte mit mindestens drei Punkten Vorsprung den Titel gewinnen. Habt ihr verstanden!« »Ja, Signore Short« hallt es aus den Kinderkehlen der bereits bestehenden Gruppe. Kevin wendet sich den drei Neuankömmlingen zu. Während die beiden äußeren ein wenig ängstlich wirken, steht der Mittlere stramm dar und blickt seinem Trainer direkt ins Gesicht. »Du bist also Stephano Mansardo«, spricht Kevin den Jungen an. »Ja, Signore Short« ruft es Stephano hervor, so wie er es gerade bei den anderen gesehen und gehört hat. »Hm, scheint mir, Du hättest bereits etwas gelernt. Erwarte nicht, dass du eine Sonderbehandlung bekommst, nur weil Du so einen berühmten Vater hast, verstanden? So, nun lauft ihr erst mal drei Runden um den Platz«. Während die Kinder den Anordnungen ihres Trainers folgen und zu laufen beginnen, erscheint seine Frau Isabella auf dem Sportplatz. Kevin behagt es zwar überhaupt nicht, dass er mitten im Training gestört wird, aber dennoch läuft er ihr entgegen. Die Kinder sehen, wie die beiden

Erwachsenen sich unterhalten. Sie verstehen allerdings nicht um was es geht, da die Erwachsenen zum einen zu weit entfernt sind und zum anderen in englischer und nicht italienischer Sprache miteinander reden. Kevin schaut ab und zu Stephano an, um den sich das Gespräch eindeutig handelt. Es ist klar zu erkennen, dass Kevin und Isabella keine Nettigkeiten austauschen. »Ich weiß, dass es normalerweise nicht deine Art ist, aber ich bitte Dich für uns, dass Du mit dem kleinen Mansardo besonders umsichtig umgehst« sagt sie am Schluss zu ihm.

Wütend wendet sich Kevin von seiner Frau ab und den Kindern zu. Nachdem auch die drei Neuen ihre Runden gelaufen sind, befiehlt Kevin den beiden anderen Erstklässlern jeweils 20 Liegestützen auf dem verstaubten, harten, trockenen Boden zu machen. Stephano hingegen dürfe sich den Ball nehmen und schon um die aufgestellten Plastikhütchen dribbeln. Ein Raunen geht durch die Reihen der Kinder. »Niemand durfte bisher in der ersten Stunde mit dem Ball üben. Das ist ungerecht« rufen unterschiedliche Kinder Kevin entgegen. Kevin, der über die ganze Situation nicht wirklich glücklich ist, entgegnet ihnen kühl: »Er macht das, was ich ihm sage und ihr macht das, was ich euch sage. Verstanden!«. Die gesamte Trainingsphase verläuft ähnlich. Stephano darf als erster Schussübungen durchführen, er darf Elfmeter schießen und er wird gefragt, auf welcher Position er am liebsten spielen möchte. Während Stephano stolz und mit vollem Elan bei der Sache ist, merkt er nicht, wie die anderen Kinder sich hinter seinem Rücken über ihn aufregen. Am Ende des Trainings werden die Jungen und Mädchen von ihren Verwandten abgeholt. Stephano geht zu dem weißen Mercedes, vor dem seine Großmutter, die Signora Mansardo, und der Chauffeur der Familie stehen und auf den jüngsten Sprössling der Familie warten. Isabella nickt der alten Dame zu, als wolle sie ihr dadurch etwas bestätigen. Stephano verabschiedet sich von den anderen Kindern. Diese erwidern seine Verabschiedung jedoch nicht, sondern schauen sofort wütend und unglücklich weg von ihm. Erst jetzt wird ihm bewusst, dass irgendetwas nicht stimmt. »Was ist los, warum sprechen die anderen nicht mit mir?« möchte er von seiner Oma wissen. »Du bist nicht wie sie« antwortet die Signora. »Sie sind neidisch auf Dich, weil du etwas Besseres bist« sagt sie zu ihm. Stephano, der die ganze Situation nicht verstehen kann, antwortet »Ich möchte aber nichts besseres sein, ich möchte zu ihnen gehören und mit ihnen zusammen spielen und befreundet sein.« »Das wirst du alles verstehen, wenn Du alt genug dafür bist. Wichtig ist jetzt nur, dass Du Dich hier auf dem Sportplatz und auch in der Schule allen anderen gegenüber durchsetzt. Glaub mir, dann werden sie an dir hängen und du wirst jede Menge Freunde und Gefolgsleute haben« erwidert ihm seine Großmutter. Die Signora steigt mit ihrem Enkel in den Wagen, der sich kurz darauf in Richtung Villa Mansardo in Bewegung setzt.

Kurz nach 20:00 Uhr klingelt das Telefon von Gloria Mansardo. »Hallo?«, fragt sie in das Gerät hinein, auf dessen Display eine ihr unbekannte Nummer erschienen ist. »Hallo, hier ist Francesco, ich wollte sie anrufen.« »Jetzt passt es nicht. Aber ich sehe ja Ihre Nummer auf meinem Display. Ich rufe Sie morgen Vormittag an« sagt sie mit leiser Stimme und legt auf.

Francesco verbringt den Abend alleine bei sich zuhause. Er denkt über verschiedene Themen nach. Es wird eine ereignisreiche Woche werden. Er setzt sich auf seinen Balkon und nimmt sich eine Flasche Rotwein mit nach draußen. Die Luft kühlt langsam ab. Der Tag war voller Sonne gewesen und auch die Nacht verspricht wolkenlos zu bleiben. Er sieht hinunter auf den See. Dort wo nun am gegenüberliegenden Ufer langsam die Nachtlichter angehen und sich im Wasser spiegeln. Diesen Anblick genießt er. Die lauen Sommernächte hier an diesem norditalienischen See mit der atemberaubenden Schönheit der Natur. Der Himmel hinter den Gipfeln ist noch von der untergehenden Sonne leicht erhellt, während die Berge wie dunkle Mosaike emporragen. Die Luft hat etwas Einzigartiges. Einen von weißem Jasmin ausgehenden süßlichen Duft mit einem Hauch Frische und einer Prise Romantik. Francesco öffnet den Wein und gießt sich ein Glas davon ein. Er rätselt immer noch über die Wahlteilnahme Solodinis nach. Und was hat Mansardo wieder damit zu tun? Wie ist wohl die familiäre Situation bei den Mansardos? Stehen die Mansardos kurz vor der Scheidung und Signore Mansardo weiß noch nichts von den Gedanken seiner Frau? Was kann er, Francesco, den Leuten im Dorf bieten, die ihn wählen sollen? Solodini gewährt einen großzügigen Rabatt im Generali, was kann er da nur dagegen setzen? Und trotz dieser vielen wichtigen Ungewissheiten ist sein Hauptgedanke bei Maria. Er verspürt ein unergründbares Gefühl, sie möglichst bald wiedersehen zu wollen. Als Francesco die ganze Flasche Wein geleert hat, ist es kurz vor Mitternacht. Der Mond scheint hell und die Sterne sind gut zu sehen. Die Müdigkeit übermannt Francesco. Er macht sich bettfertig und schläft nach nur wenigen Augenblicken ein.

Obwohl Francesco ein gottgläubiger Mensch ist, hasst er jeden Sonntagmorgen. Besonders hier im Dorf gefällt ihm dieser Tag gar nicht. Irgendein Priester hat einst festgelegt, dass es sonntags zwei Messen gibt. Eine morgens um 8.00 Uhr und eine mittags um 12:00 Uhr. Leider hat dieser Priester wohl vergessen, dass bei beiden Messen das obligatorische Glockengeläut stets vollzogen werden muss. Und dies sind nicht nur zwei oder drei einzelne Glockenschläge. Es erklingt ein Tongemisch von mehreren Glocken, die vom Küster mindestens eine viertel Stunde lang geläutet werden. Jeden Sonntag wird Francesco also pünktlich um 7:45 Uhr aus den Federn geholt. Und wie jeden Sonntag ist es so, dass um 8:00 Uhr vornehmlich die Alten des Dorfes die Frühmesse besuchen, während die Jüngeren und die Familien die Mittagsmesse in Anspruch nehmen, die dann oft mehr als doppelt so gut besucht ist als die Frühmesse. Die Zeit bis zur Mittagsmesse verbringt Francesco meist damit, dass er seine Ablage macht und die Wohnung säubert. Gelegentlich korrigiert er auch die Hefte seiner Schüler und bereitet sich auf die neue Woche vor. Einst unterrichtete Francesco die Tochter des Bäckers. Seit Jahren bekommt er daher jeden Sonntagmorgen zwei frisch gebackene Brötchen und ein Croissant zu sich nach Hause gebracht. Dieses Frühstück genießt er zusammen mit der Regionalzeitung, in der alles Wesentliche über die Region der vergangen Woche drin steht. Was sonst noch in der Welt geschieht, erfährt Francesco immer dann, wenn er die Leute auf der Straße trifft, die nur darauf brennen, andere zu treffen und denen Neuigkeiten und ihr Wissen mitzuteilen. Eine Leidenschaft von Francesco ist seine Liebe zu Honig. Jeden Sonntagmorgen genießt er sein Frühstück mit diesem Naturprodukt. Dabei belässt er es nicht nur bei den handelsüblichen Honigprodukten wie Wald- oder Blütenhonig. Wenn auf den Dörfern Markttag ist, gibt es immer Stände, bei denen Honig mit den unterschiedlichsten Geschmäckern verkauft werden. Honig mit Himbeergeschmack. Honig mit Zitronengeschmack, Honig mit Kastaniengeschmack, Honig mit Apfelgeschmack und viele andere Geschmacksrichtungen mehr. Zig Sorten werden dort angeboten. So ist es auch nicht verwunderlich, dass Francesco einen extra Schrank hat, in dem es von in- und ausländischen Honiggläsern nur so wimmelt. Francesco setzt sich an seinen Tisch und möchte gerade anfangen sein Honigfrühstück zu sich zu nehmen und die Zeitung zu lesen, als plötzlich sein Telefon zu klingeln beginnt. »Hallo«, spricht er in den Hörer hinein. »Guten Morgen, Francesco, hier ist Maria.« »Oh, Signora Andre..., äh, ich meine, guten Morgen Maria. Was verschafft mir die große Ehre Ihres, Verzeihung, Deines Anrufes?« fragt er sie mit nervöser Stimme. Mit ebenso unsicherer Stimme entgegnet sie zögerlich »Ich hoffe ich störe nicht. Wenn ich störe, dann Entschuldigung. Ich kann auch gleich nochmal anrufen, wenn es jetzt nicht passt. Also später. Oder am Mittag. Wenn Du Zeit hast. Wann es halt passt.« »Es passt mir gerade sehr gut, Maria. Du störst überhaupt nicht. Nie störst Du, Maria.« unterbricht er sie. »Das ist schön. Sehr schön zu hören, Francesco.« Nach einer kurzen Pause fährt sie mit ernsterer Stimme fort: »Nun es ist so, Francesco. Zwei Dinge. Bald sind ja wieder Wahlen. Und ich dachte, was ich gestern Abend gesehen habe, könnte Dich interessieren. Gestern Abend war ich nochmal wegen der Musikinstrumente in der Schule. Dabei bin ich an unserer kleinen Turnhalle vorbei gekommen. In dieser brannte noch Licht und ich habe Geräusche gehört. Ich war neugierig und habe hinein geschaut und weißt Du, wen ich da gesehen habe?« fragt sie Francesco, der ihr nicht antwortet und wissen möchte, wie die Geschichte weiter geht. »Ich habe Signore Short in der Halle gesehen, der dort gegen einen Sack geboxt hat!« »Kevin Short, unser irischer Riese, hat geboxt?« erhebt Francesco seine Stimme. Es ist schulbekannt, dass Kevin Short abends in die Turnhalle geht, dort einen Boxsack aufhängt und gegen ihn schlägt, bis er körperlich ausgelaugt ist. Dies macht er immer dann, wenn er einen sehr schlechten Tag hinter sich hat. »Und weißt Du genaueres, was mit ihm los ist? Und was hat das mit der Wahl zu tun?« fragt Francesco. »Ich habe ihn nicht gefragt, aber ich habe per Zufall ein paar seiner Fußballschüler gehört, die über das Training am Mittag gesprochen haben. Sie haben sich sehr über Stephano Mansardo aufgeregt, der anscheinend von Signore Short bevorzugt behandelt wurde. Ich dachte, das interessiert Dich vielleicht, Francesco.« Francesco ist aufgebracht und runzelt seine Stirn. »So weit kommt es also schon. Der Einfluss der Mansardos reicht sogar schon bis ins Kindertraining unserer Schule. Vielen Dank Maria, dass ich darüber Bescheid weiß. Du hast was gut bei mir.« Lächelnd sagt sie in das Telefon »Dann würde ich Dich sofort um den Gefallen bitten, den Du mir gerade angeboten hast.« »Und der wäre?« fragt Francesco neugierig. »Am kommenden Mittwochabend findet in dem Dorf unten am Seeufer ein Tanzabend statt. Es würde mich sehr freuen, wenn Du mich dahin begleiten würdest.« Nach einer kurzen Denkpause entgegnet er ihr »Aber gerne, Maria. Ich hole dich dann am Mittwochabend gegen 19:00 Uhr bei Dir ab. Falls noch was ist, wir sehen uns ja in der Schule und können dort noch weiteres besprechen, okay?« »Wunderbar Francesco. Ich freue mich. Dann bis demnächst. Ciao« haucht Maria zum Abschluss in das Telefon. Eigentlich ist es, vor allem in Italien, mehr als ungewöhnlich, dass die Frau den Mann fragt, ober er mit Ihr ausgeht. Normalerweise ist das eher andersherum. Aber genau diese Details gefallen Francesco an Maria so sehr. Sie macht das, wonach ihr ist, und kümmert sich wenig um Gebräuche und Sitten, die sie als unsinnig erachtet. Francesco läuft hinüber in sein Schlafzimmer. Dort öffnet er seinen Kleiderschrank und sucht nach einem besonders schönen Hemd, mit dem er Maria ausführen könnte. Tanzen gehört zwar nicht zu seinen Stärken, aber das wird sicherlich auch zweitrangig sein. Und Maria wird ihm schon das Taktgefühl beibringen. So schwer wird das schon nicht werden, denkt er sich.

In der kommenden Woche werde er sich intensiv um das Problem Stephano Mansardo kümmern. Es wäre doch gelacht, wenn er diese Bevorzugung nicht für sich und seinen Wahlkampf nutzen könnte. Er setzt sich zurück an den Frühstückstisch, um nun endlich seine Mahlzeit genießen zu können. Der Honig ist zum Teil schon von dem Croissant auf den Teller geflossen. Mit einem Löffel schabt er den verlorengegangenen Honig auf und schmiert ihn wieder auf das Gebäck. Gerade in dem Moment, in dem er herzhaft hineinbeißen möchte, ertönt von neuem sein Telefon. Francescos Blick richtet sich auf den klingelnden Fernsprecher. Dann wieder zurück auf sein bisher noch unangetastetes Frühstück. Zwar ist sein Hunger groß, jedoch gewinnt die Neugier nach dem Anrufer die Oberhand. Trotz knurrenden Magens steht er auf und begibt sich zu dem Apparat. »Ja?« ruft er in den Hörer hinein. »Signore Gespucci, hier spricht Gloria Mansardo. Verzeihen Sie, aber gestern Abend konnte ich nicht mehr reden. Es war schon zu spät. Von Ihren Fragen, die sie mir auf dem Parkplatz bei den Solodinis gestellt haben, kann ich Ihnen nur beantworten, weshalb Stephano in die Schule eingeschult worden ist und keinen Privatlehrer bekommen hat.

»Nun, das ist immerhin etwas, Signora Mansardo« entgegnet ihr Francesco ein wenig enttäuscht darüber, dass er nur eine Antwort auf seine Fragen bekommen wird. Francesco erinnert sich an die Worte der Signora und hakt nach. »Erwähnten sie auf dem Parkplatz nicht etwas davon, Signora Mansardo, dass sie mir noch einige weitere Detailinformationen zukommen lassen wollten?« Nach einem kurzen Zögern erwidert sie ihm »Nun gut, ich bin einverstanden, sofern das Thema dann damit erledigt ist und wir uns deswegen nie mehr unterhalten werden.« »In Ordnung« willigt Francesco ein und die Signora beginnt zu erzählen: »Also, das ist alles nicht ganz einfach zu erklären, aber ich habe jetzt ein wenig Zeit und versuche, Ihnen die Geschichte begreiflich zu machen. Es steckt folgendes dahinter.« Die Signora beginnt zu erzählen und Francesco hört ihr aufmerksam und interessiert zu. Er holt sich einen Hocker und setzt sich neben sein Telefon. Er ist einer der Wenigen, der noch immer kein schnurloses Telefon besitzt. Daher ist sein Bewegungsradius bei einem Telefonat sehr eingeschränkt. Ein schnurloses Telefon verleitet seiner Ansicht nach nur zu unendlich langen Gesprächen. Und wenn ein Gespräch länger als zehn Minuten dauert, dann kann man sich auch persönlich treffen und seinem Gegenüber ins Gesicht schauen. Dies sei viel kommunikativer als stundenlang in ein Kunststoffprodukt hineinzureden. Aber Ausnahmen bestätigen ja bekanntlich die Regel. Während der Honig sich bereits mit dem Teig der Brötchen und des Croissants vermengt und sich die ein oder andere Fliege daran verköstigt, sitzt Francesco auf seinem Hocker im Flur und erfährt, was die Signora Mansardo ihm zu erzählen hat. Nach über einer Stunde endet das Gespräch. Francesco setzt sich in seinen Sessel im Wohnzimmer und lässt die Unterhaltung Revue passieren. Er hat wertvolle Informationen bekommen. Niemals hätte er gedacht, dass *Papa Mansardo* nicht der wahre Kopf der Mansardo-Familie sei, sondern auch nur ein Rädchen -wenn auch ein bedeutendes- in einem Uhrwerk.

Die Dorfkirche ist eine einfache, kleine Kirche. In den meisten anderen Dörfern sind die Gotteshäuser prunkvoll gebaut. Diese hier besteht aus Backsteinen, die verputzt worden sind. Im Rahmen eines Schulprojektes wurde vor Jahren die Fassade der Kirche verschönert. Kindliche Bilder von Maria und Jesus, von Joseph, den Jüngern, der Grippe zu Bethlehem und vom Heiligen Geist sind rund um die Kirche an deren Außenwand gemalt. Weiter oben an den Gemäuern sind Engelsbilder gezeichnet, die ein Auge auf Gottes Sohn haben sollen. Im Inneren der Kirche ist bis auf den Marmoraltar alles aus Holz gefertigt. Die Kirche bietet Platz für knapp 80 Gläubige. Der

Pfarrer sagte einmal, er käme sehr gerne in das Dorf und diese kleine Kirche, da diese immer so schön voll besucht wirkt. In der Tat, es wirkt weit besuchter, wenn in einer kleinen Kirche 80 Personen alle Plätze belegen, als wenn doppelt so viele Betende im Raum einer großen Kirche sehr vereinzelt in den Bänken sitzen. Obwohl die Kirche so klein ist, hat sie dennoch einen sehr hohen Glockenturm, der die anderen Dächer weit überragt. Das Läuten der Glocken ist weit über die Grenzen des Dorfes zu hören. Meist sind Kirchgänger Wiederholungstäter. Man sieht jeden Sonntag immer dieselben Gesichter. In der Gemeinde kennt man sich untereinander. Daher fällt es auch auf, wenn ansonsten treue Schäfchen einmal von der Messe fernbleiben. Heute fehlen die Solodinis. Dies ist besonders merkwürdig, da sie zu den eifrigsten Kirchgängern des Dorfes gehören. So sicher wie das Amen bei Gebetsschluss ist die Anwesenheit der Solodinis bei dem Mittagsgottesdienst, heißt es. Auch wenn ein Teil des Ehepaars erkrankt ist, besucht der andere Part die Messe und betet für den Kranken und zündet eine Kerze an. Aber heute sind beide nicht erschienen. Dafür sitzt ein anderer in der Kirche. Signore Mansardo, der normalerweise mit seiner Familie immer an der Frühmesse teilnimmt. Da stimmt was nicht, denkt sich Francesco und beobachtet die ganze Zeit Signore Mansardo, anstatt auf die Worte des Pfarrers zu hören und der Predigt zu folgen. Und Francesco sollte sich nicht täuschen. Während ein Choral gesungen wird, geht der Klingelbeutel rund. Jeder singt und spendet ein wenig für die Bedürftigen. Der Beutel erreicht Signore Mansardo als letzten. Dieser sieht sich um und sucht den Blickkontakt des Priesters. Obwohl Signore Mansardo äußerste Vorsicht walten lässt, bemerkt er nicht, dass er unter Beobachtung steht. Francesco kennt ein solches Verhalten von seinen Schülern. Sie haben eine Dummheit im Kopf und wollen sich vergewissern, dass sie nicht beobachtet werden. Francesco hingegen tut dann so, als ob er woanders hinschaut, behält aber die ganze Situation wie ein Detektiv unter Beobachtung. Und wenn dann etwas geschieht, ist er zur Stelle und kann die Tat und die Schuldigen sofort ausmachen. Signore Mansardo holt aus der Innentasche seines Anzuges ein Bündel Geldscheine und legt sie schnell in den Klingelbeutel, den er darauf direkt in die Hände des Priesters gibt und ihm leicht zunickt. Signore Mansardo verlässt daraufhin die Messe und begibt sich nach draußen. »So viel Geld für einen guten Zweck? Und das von Signore Mansardo? Das geht nicht mit rechten Dingen zu«, denkt sich Francesco, der nun endgültig von der Messe abgelenkt ist und über das Gesehene nachdenkt. Als die Kirche zu Ende ist, verlassen die Gläubigen das Gotteshaus. Ruhig steht Francesco auf und möchte ebenso nach draußen gehen. Es ist ruhig. Sehr ruhig. Zu ruhig. Francesco, der unweit vom Priester entfernt steht, fragt diesen: »Monsignore, weshalb läuten heute die Glocken nicht. Sind sie kaputt oder hält unser werter Herr Küster ein Schläfchen?« Diesen unpassenden Spaß ignorierend, erwidert ihm der Priester nüchtern »Unser Herr Küster schläft sicher nicht, aber ihr habt Recht. Die Glocken sind kaputt, Signore Gespucci«. »Und das obwohl sie heute Morgen und vor einer Stunde noch zur Messe laut geläutet wurden? So plötzlich können sie kaputt gehen?« fragt Francesco den Monsignore argwöhnisch. Noch bevor dieser antworten kann, ertönt von draußen von dem Kirchplatz her laute Musik. Während

Francesco hinaus eilt, um sich ein Bild von der Situation zu machen, ruft er dem Priester zu: »Genug Geld habt Ihr ja nun von Signore Mansardo erhalten, um die Glocken reparieren zu lassen, nicht wahr Monsignore?! Guten Tag!«

Draußen auf dem Kirchplatz bietet sich Francesco ein imposantes Bild. Auf dem jahrhundertealten Platz, der aus handverlegtem Kopfsteinpflaster besteht, finden sich neben den Kirchenbesuchern noch zahlreiche andere Bewohner des Dorfes. Eine kleine Kapelle spielt klassische Musik. Neben ihr stehen einige Tische auf dem runden Platz, um die sich kleine Menschentrauben versammeln. Personen, die alle gleich in blau-weißer Kleidung angezogen sind, sprechen die Menschen an und verteilen Süßigkeiten und Flugblätter. Plakate sind aufgehängt, auf denen Signore Solodini abgebildet ist. Auf dem größten Plakat sieht man ihn und weitere sechs Köpfe, die allerdings niemanden darstellen sollen. Es sind lediglich schwarze Konturen mit einem Fragezeichen in der Mitte. Alle sitzen an einem ovalen Tisch. Im Hintergrund erkennt man am Kopf des Tisches den unwählbaren Regionalratsvorsitzenden Signore Mansardo. »So ist das also«, denkt sich Francesco. »Solodini oder besser gesagt Signore Mansardo lässt ein weiteres Geschütz los und beginnt mit dem Wahlkampf.« Einer der Blau-Weißen kommt an Francesco vorbei und drückt ihm ein Stück Schokolade und einen Zettel in die Hand. Während Francesco die Schokolade auspackt und sie zu sich nimmt, liest er den Zettel, den nun jedermann in seinen Händen hält. In den gleichen blau-weißen Farben, wie die verteilenden Leute sie tragen, ist auf dem Zettel der Supermarkt Solodinis, der Generali, zu sehen. Wie schon am Morgen gehört, verspricht der Zettel jedem Einwohner des Dorfes einen einjährigen zehnprozentigen Rabatt bei jedem Einkauf in diesem Konsumtempel, wenn Solodini zum Regionalratsmitglied gewählt werden würde. Francesco hat sich noch nicht von diesem Bestechungsversuch an den Wählern erholt, als die Kapelle sehr laut wird und anfängt den Triumphmarsch aus Verdis Aida zu spielen. Erst jetzt entdeckt Francesco eine kleine, provisorische Bühne, die ihm bis eben noch nicht aufgefallen ist. Mit schwarzen Lackschuhen, schwarzer Stoffhose, dekoriert mit einem Ledergürtel mit Silberschnalle und einem weißem Hemd mit Krawatte und Sakko betritt Signore Mansardo das Podest. An seinem Anzug trägt er einen Anstecker, auf dem Solodinis Gesicht zu sehen ist. Begleitet wird er von zwei hübschen, jungen Damen, die natürlich ebenfalls in blau-weiß gekleidet sind. Allerdings tragen sie weit weniger Stoff, als es bei den anderen Anwesenden der Fall ist. Die beiden positionieren sich auf der Bühne direkt hinter Signore Mansardo. Sie beginnen ihre Mission, indem sie ununterbrochen der Menschenmenge entgegen winken und lächeln. Vor allem die jungen Männer drängeln sich zu dem Rednerpult, was wohl nicht nur an der Anwesenheit von Signore Mansardo liegt. Einige Ehemänner, die ebenfalls ihre Blicke auf die Bühne richten, applaudieren und pfeifen den blau-weißen Damen zu, die weiterhin ihre strahlend weißen Zähne zeigen und ihre Hände im Takt hin und her schwingen. Amüsant registriert Francesco deren Ehefrauen, die ihre Männer durch einen Schlag auf den Hinterkopf oder einen Hieb mit der Handtasche wieder zur Raison bringen. Ein weiterer Mann erscheint auf der Bühne und stellt Signore Mansardo ein Mikrofon zur

Verfügung. Es wird direkt an dem Podest vor Signore Mansardo befestigt, so dass dieser das Mikrofon nicht festhalten muss und seine Hände frei bewegen kann. Singore Mansardo präsentiert sich mit stolzem Gesicht und breiter Pose seinem Publikum. Auf sein Handzeichen hin verstummt die Musik und er beginnt seine Rede. »Einwohner! Bürger! Freunde! Es ist wieder soweit. In sechs Tagen schreitet ihr zu den Urnen und bestimmt die Zukunft unseres schönen Dorfes. Unsere Region ist in den letzten Jahren sehr gewachsen. Das wisst Ihr. Du, Luigi«, deutet Signore Mansardo mit dem Finger auf einen Zuhörer im Publikum, »Du Luigi, hast Du nicht erst vor einem Jahr ein neues Hotel eröffnet?! Und wer hat dir dabei geholfen? Wir vom Regionalrat waren es, die Dich dabei unterstützt haben, richtig?! Und unser verehrter Herr Dottore. Haben Sie nicht eine neue Praxis eröffnen können, in Räumen, die gestellt worden sind von uns, vom Regionalrat?!« Die beiden Ausgesuchten nicken bestätigend Signore Mansardo und den umherstehenden Bürgern zu. Signore Mansardo erhebt seinen Zeigefinger und fährt in lautem Ton fort: »Aber! Wir könnten noch viel mehr für uns tun, wenn wir einig wären in unserem Regionalrat und nicht irgendwelche Störenfriede dabei hätten, die in letzter Zeit wichtige Entscheidungen durch üble propagandistische Äußerungen zunichtemachen.« Francesco hört angespannt zu, während er bei der letzten Aussage um sich guckt, da er ganz genau weiß, dass der Regionalratsvorsitzende ihn damit gemeint hat. »Aber, liebe Freunde. Es gibt einen aus eurer Mitte, mit dem der Regionalrat wichtige Entscheidungen treffen kann, die nur zu euren Gunsten sein werden. Er ist kein Revoluzzer, sondern ein hervorragender

Diplomat. Es handelt sich um einen von euch, den ihr kennt und dem ihr bereits viel zu verdanken habt. Und um euch zu zeigen, dass er es ernst mit seinem Heimatdorf meint, schenkt er euch bei seiner Wahl ein Jahr. Er schenkt euch ein Jahr einkaufen in seinem Supermarkt, im großen Generali, zu Vorzugspreisen. Nicht drei, nicht fünf sondern zehn Prozent auf alles, was ihr dort kauft, bekommt ihr geschenkt!« Signore Mansardo breitet seine Arme aus und streckt bei seinem letzten Satz alle seine zehn Finger von sich. Im Publikum geht ein Jubel los und Bravoschreie sind zu vernehmen. »Applaus meine lieben Freunde. Applaus für den Mann aus eurer Mitte, Applaus für Signore Allesandro Solodini!« Signore Mansardo tritt beiseite und macht den Weg für Signore Solodini frei. Der Supermarktbesitzer begibt sich zwar unter tosendem Beifall zum Rednerpult, aber dort angekommen, schaut er lediglich in die Menge. Der Applaus verstummt und die Menge wartet gespannt auf Solodinis Rede. Obwohl dieser am Morgen von Signore Mansardo genau erzählt bekommen hat, was er der Menschenmenge sagen soll, gelingt es ihm nicht auch nur ein einziges Wort heraus zu bekommen. Noch bevor es zu einem peinlichen Moment kommen kann, begreift Signore Mansardo geistesschnell die Situation. Er nimmt Solodins Arm und reißt ihn kraftvoll in die Höhe. Dabei wendet er sich zum Mikrofon hin und fordert die Menge auf, für Solodini zu applaudieren. Ein verhaltenes Geklatsche erklingt. Francesco kann seine Schadenfreude nur schwer verbergen. Nun kommt auch die Signora Solodini hervorgetreten und stellt sich an die linke Seite ihres Mannes. Aber auch ihr ist deutlich anzusehen, dass sie sich in dieser Situation alles andere als wohl fühlt. Signore

Mansardo gibt sofort der Kapelle ein Zeichen, die daraufhin die italienische Nationalhymne erklingen lässt. Schnell ist die angespannte Lage überwunden. Die Menge stimmt mit ein und alle singen in großem Jubel den Text des Liedes ihres Landes. Anschließend lächeln sowohl die Angestellten in blau-weiß sowie die beiden Damen am Rednerpult Signore Solodini zu und klatschen frenetisch in Ihre Hände. Signore Mansardo, der stets direkt bei Solodini steht, hebt seine geballte Faust und ruft ein Hoch nach dem anderen auf Solodini und Italien aus. Fortwährend wendet er seinen Körper der Menge zu, die ebenfalls mit ihm zusammen Solidini und ihre Heimat hochleben lässt. »Deswegen hat das Ehepaar Solodini also beim heutigen Gottesdienst gefehlt«, erklärt sich Francesco, während er das ganze Schauspiel aus sicherer Entfernung betrachtet. Er selbst muss zugeben, dass er beeindruckt von dieser Inszenierung ist, die von Signore Mansardo bis ins kleinste Detail hervorragend durchdacht und durchgeführt wurde. Es wäre beinahe alles perfekt gewesen, wenn da nur nicht dieser Fauxpas der Solodinis gewesen wäre. Und auch jetzt, am Ende dieser Darbietung, fällt Francesco auf, das etwas nicht so recht passt. Alle sind begeistert und voller Freude. Alle außer einem, von dem man deutlich erkennt, dass er sich mühsam ein Lächeln entringen muss und der nun wahrscheinlich überall lieber wäre außer hier. Und diese unglückliche Person ist kein anderer als Signore Solodini selbst.

Francesco hat genug gesehen und gehört. Er verlässt den Ort des Geschehens und geht nach Hause. Allerdings nimmt er nicht den direkten Weg. Er möchte noch jemandem einen Besuch abstatten.

Einem Mann, dem Francesco viel zu verdanken hat. Es handelt sich um einen entfernten Bekannten Giuseppe Bertanis, Francescos alten Lehrmeister aus Mailand. Als Francesco in Mailand sein Studium abgeschlossen hatte und fertiger Lehrer war, unterrichtete er auch ein paar Jahre in dieser norditalienischen Metropole. Allerdings war dies keine Genugtuung für ihn. Er wollte etwas Neues ausprobieren. Den Norden Italiens hatte Francesco bis dahin noch nicht erlebt. Geschichten hat er gehört, Berichte gelesen und sich im Fernsehen Reportagen über die norditalienischen Seen angeschaut, was ihn alles sehr faszinierte. Für ihn stand fest, er wollte diese Region kennenlernen und dort einen Teil seines Lebens verbringen. Dies war jedoch nicht so einfach durchzuführen, wie er gedacht hatte. In den Dörfern des Nordens war es für Auswertige sehr schwierig einen Lehrerposten zu bekommen. Und da Francesco nicht aus Norditalien stammt und dort weder Verwandte noch Freunde hat, war es für ihn quasi unmöglich, an einer Schule unterzukommen. Bertani jedoch, der wahrscheinlich überall in der Welt Beziehungen aufzuweisen vermag, kannte jemanden, der jemanden kannte, der die Person kannte, durch den Francesco die hiesige Stelle antreten konnte. Mario Colei, der damalige Rektor der Grundschule, hat Francesco sofort eingestellt. Wie Bertani es seinem Schüler empfahl, brachte Francesco eine Kiste Chianti mit zu seinem Vorstellungsgespräch. Der Rest war reine Formalität. Über zwei Stunden dauerte die Unterhaltung, wobei die ersten zehn Minuten Francesco von sich, seinem Lebenslauf und seiner Ausbildung erzählte. Die restliche Zeit unterhielten sie sich hauptsächlich über die Formel eins und Ferrari, wobei Francesco über dieses Thema nicht viel wusste. Colei hingegen erzählte, dass das früher noch ganz andere Bedingungen waren. Dass es damals auf die Fahrer ankam und heute weitgehend nur noch darauf, wer die beste Technik besitzt. Und dass Ferrari eines der Vorzeigeprodukte Italiens ist und es die Pflicht eines jeden Italieners sei, dieser Marke und deren Fahrzeugen Ehrfurcht und Respekt entgegenzubringen. Francesco hörte zu und stimmte gelegentlich ein. Und bereits am nächsten Tag hatte er die Zusage und wurde eingestellt. In den Jahren, in denen Colei der Rektor der Schule war, kam Francesco des Öfteren zu ihm und fragte ihn um Rat. Die Ratschläge Coleis waren zwar inhaltlich nur selten passend, aber er verstand es, Kampfgeist und Motivation zu wecken. Er war der perfekte Animateur. Wenn ein Problem zu groß erschien, als dass man es noch hätte bewältigen können, hatte Colei das Talent, das Problem scheinbar schrumpfen zu lassen und so doch noch irgendwie zu lösen. Colei ist nichts und niemandem aus dem Weg gegangen, auch wenn das bedeutete, nicht immer den leichtesten Weg zu gehen. Auch als der Arzt vor fünf Jahren bei Colei Lungenkrebs feststellte und ihm nur noch wenige Monate zu leben gab, hat Colei sich nicht kampflos seinem Schicksal ergeben. Drei ganze Jahre hat er noch durchgehalten, bis er im Sommer vor fast genau zwei Jahren für immer seine Augen schloss. Colei hatte keine Familie. Sein Leben war seine Schule. Die schlimmste Zeit für Colei waren die großen Sommerferien, wenn über Wochen die Schule leer war. Die Person, die ihm am nächsten stand, war seine Haushälterin, die ihn am Ende pflegte und umsorgte und dafür sein Hab und Gut erbte. Auf seiner Beerdigung begleitete ihn fast das ganze Dorf, da er als Rektor der Grundschule mit beinahe jedem Bewohner des Dorfes schon mal in Kontakt gekommen war. Der Bürgermeister hat vor seinem Grab eine Marmorbank aufstellen lassen. Jeder, der mit Colei noch etwas zu besprechen hätte, könne sich hier einen Moment niederlassen und ihn um Antwort bitten, sagte der Bürgermeister bei der Grabrede über diese Bank. Schon öfters hatte Francesco die Bank genutzt. Das letzte Mal setzte er sich in den Sommerferien hier nieder, kurz bevor er aufbrach, um seinen Lehrmeister in Mailand zu besuchen. Er bat Colei um Durchhaltevermögen und dass er stark genug sei Bertani aufzubauen. Francesco schämte sich nach diesem letzten Besuch, da er wusste, dass er eigentlich nur für sich selbst dies erbat und nicht für Bertani.

Der Friedhof liegt am Rand des Dorfes. So wird jedem Toten immer ein zehnminütiger Gedenkmarsch zuteil, wenn man den Leichnam von der Kirche aus zu dem Grab trägt. Francesco öffnet die Friedhofstür und geht auf die letzte Ruhestätte Coleis zu. Er setzt sich auf die besagte Marmorbank und betrachtet das Grab. Lange verweilt er in dieser Position. Eine leichte Brise ist aufgekommen, die die Blätter der Bäume rascheln lässt. Dann fängt er an leise vor sich auf das Grab einzureden »Salute Signore Colei. Hier ist Francesco. Schöne Grüße soll ich ausrichten. Von Signore Bertani. Zumindest würde er die Grüße sicher ausrichten, wenn er dazu noch in der Lage wäre. Mein lieber Signore Colei. Was soll ich nur tun? Ihr habt das sicher alles mitbekommen, was hier so geschieht. Signore Mansardo hat viel Geld, mit dem er den Wahlkampf Solodinis sehr vorantreibt. Erst das mit dem Lautsprecherfahrzeug und nun die Vorstellung von heute auf dem Kirchplatz. Mansardo hat an wirklich alles gedacht. Die Leute liegen ihm schon zu Füßen.

Wie kann ich dem etwas entgegensetzen?« Fragend schaut Francesco den Grabstein an, als würde dieser ihm eine Antwort schuldig sein. »Sicher, wenn Solodini gewählt ist und somit Mansardo dann die ganze Macht hat, kann er Dinge vollbringen, die wahrscheinlich nicht schlecht sind für die Region. Aber es stört mich, dass er bestimmt, was getan wird und die Leute ihm gedankenlos und gutgläubig alles durchgehen lassen werden. Ich meine, das ist doch gegen die Natur, oder? Ohne einen Kontrahenten, einen Gegenpol aufzutreten. Wo es Kälte gibt, gibt es auch Wärme, wo es Plus gibt, gibt es auch Minus. Das ist doch wohl so!« Erneut betrachtet Francesco das Grab, aber wieder scheint Signore Colei nicht antworten zu wollen. »Ich frage mich, hat es noch Sinn gegen Signore Solodini, beziehungsweise gegen Mansardo, anzutreten? Oder sollte ich mich am Besten gar nicht mehr zur Wahl aufstellen lassen?« Während Francesco seinen Kopf in seine Arme stützend auf das Grab starrt und immer noch kein Wort von dort zu vernehmen ist, bemerkt er das Quietschen der Friedhofstür. Francesco sieht sich um und erblickt die Mutter Mansardos, die alte Signora Mansardo. Obwohl sie ein beachtliches Alter aufweist, ist sie sowohl körperlich als auch vor allem geistig noch voll auf der Höhe.

Sie bewegt sich zur Familiengruft der Mansardos, die ebenfalls auf diesem Friedhof untergebracht ist. Wenn man es genau nimmt, war zuerst diese Gruft errichtet worden und dann erst wurde der umliegende Grund als Friedhof genutzt. Dies war der Entschluss eines Mansardos noch aus dem frühen 19. Jahrhundert. Er wollte damit zeigen, dass sich die Mansardos als Teil der Bevölkerung verstehen, die zusammen mit den Menschen an einem Ort begraben sein wollen. Allerdings, und das war die einzige Einschränkung, durfte außer der Mansardo-Gruft keine weitere Gruft mehr gebaut werden. Typisch Mansardo, denkt sich Francesco. Sie sind ein Teil der Menschen, aber heben sich dennoch von der Masse als etwas Besonders ab. Plötzlich erinnert sich Francesco an das Telefonat mit Gloria Mansardo und was diese über ihre Schwiegermutter sagte. Signora Mansardo, die so unscheinbar, alt und zerbrechlich wirkt, soll es ja noch faustdick hinter den Ohren haben. Ein Gespräch mit der alten Diva könnte sicher nicht schaden, denkt sich Francesco. Er wendet sich nochmal dem Grab Coleis zu und sagt freudig lächelnd: »Danke, Signore Colei«, während er von der steinernen Bank aufsteht und in Richtung Gruft läuft.

Obgleich die Villa nicht mehr als einen Kilometer weit weg ist, steigt Solodini in den Maserati von Signore Mansardo ein. Ganz freiwillig macht er das nicht. Signore Mansardo hat seinen Wahlmann seit der Aufführung auf dem Kirchplatz nicht aus den Augen gelassen. Bevor Solodini sich versieht, sitzt er schon in dem Sportwagen drinnen. Signore Mansardo geht auf den Fahrersitz und startet den Motor. Normalerweise hat er einen sehr rasanten und zügigen Fahrstil. Dieses Mal fährt er jedoch sehr langsam und lässt sich viel Zeit. Er hält sogar das Tempolimit ein und stoppt an einem Zebrastreifen für Passanten, was in Italien ein eher unüblicher Brauch ist. Während Signore Mansardo voller Elan ist und sich noch über den Ablauf seines gerade eben stattgefundenen Wahlkampfes freut, wirkt Signore Solodini eher abgekämpft und ausgelaugt. Schwungvoll beginnt Mansardo zu reden: »So, mein lieber Signore Solodini. Das hat heute rein gehauen wie eine Bombe, was! Meint Ihr nicht auch?« Signore Solodini blickt kurz rüber zu dem Regionalratsvorsitzenden, der seinen Blick jedoch nicht erwidert. Signore Mansardo schaut zwar auf die Straße, man kann aber eindeutig erkennen, dass seine Gedanken schon um den Wahlsieg Solodinis kreisen. Der Supermarktbesitzer antwortet erschöpft: »Gewiss, das wird uns heute sicher eine Menge Stimmen eingebracht haben.« Mit italienischem Temperament, wovon Signore Mansardo mehr als genug besitzt, ruft er: »Sehr wohl, mein lieber Solodini, eine Menge Stimmen. Fast schon den Wahlsieg. Wahrscheinlich sogar. Alles war perfekt durchdacht. Angefangen beim Priester, der heute gegen eine kleine Sonderspende die Glocken nicht hat läuten lassen, bis hin zu dem Journalisten, der beste Fotos von uns gemacht hat und einen tollen Bericht in der Gazette della Regionale über uns verfassen wird. Eine Sonderausgabe, die bereits am Mittwoch erscheinen wird. Und habt ihr den Grundschullehrer Francesco Gespucci gesehen? Fast versteckt hat er sich ganz hinten bei der Kirche. Meinen, äh, ich meine natürlich Euren, schärfsten Konkurrenten haben wir so gut wie ausgeschaltet.« Während Signore Mansardo diese Worte zu Solodini sagt, hat er seine Augen wie ein listiger Fuchs zusammen gepresst. »Aber eins lief nicht so wirklich nach meinen Vorstellungen.« Signore Mansardo dreht nun seinen Kopf langsam zu Solodini, der sich verängstigt in seinen Sitz hineindrückt. Mit leicht zitternder Stimme fragt er: »Und was wäre das, was nicht so gut geklappt haben soll?« »Das kleine, nicht funktionierende Detail, das wart Ihr, Signore Solodini. Achtet in Zukunft darauf, dass Ihr demnächst authentisch rüber kommt und euch dementsprechend verhaltet, wie es sich für einen Wahlkandidaten gehört. Haben wir uns verstanden!?« Den letzten Satz sprach Mansardo laut und in einem drohenden Ton, während er wieder seinen Kopf hin zum Straßenverkehr drehte. »Ihr wisst was auf dem Spiel steht, wenn ihr nicht gewählt werdet, Herr Supermarktbesitzer.« »Als ob dieser Erpresser mich daran erinnern muss,« denkt sich Signore Solodini, der in einer Zwickmühle steckt und nicht weiß, wie er dieser entkommen kann. Der Maserati hält vor dem Haus der Solodinis, in dem die Signora Solodini bereits auf ihren Mann wartet, da sie schon kurz nach der Wahlkampfveranstaltung nach Hause gegangen ist. Signore Solodini schnallt sich ab und möchte aussteigen. Doch noch bevor er die Tür des Wagens geöffnet hat, dreht sich Signore Mansardo zu ihm und sagt: »Am Mittwochabend findet unten am See ein Tanzfest mit Musik und Spiel statt. Viele unserer Dorfbewohner werden auch da sein. Ich erwarte, dass auch ihr mir eurer Frau dort erscheinen werdet und euch den Wählern in bester Pose zeigt. Haben wir uns verstanden?!« Solodini presst wütend, aber auch ängstlich seine Lippen zusammen und bestätigt die gerade vernommene Order mit einem Nicken. Während er in seine Villa geht, wendet der Sportwagen. Signore Mansardo dreht das Fenster herunter und ruft hinter Signore Solodini her: »Machen Sie es gut, sehr verehrtes, baldiges Regionalratsmitglied.« Wie gewohnt ertönt ein lautes Quietschen der Reifen und der schwarze Maserati rast in Windeseile davon.

Die Gruft der Familie Mansardo ist ein prunkvolles Gebäude. Das Steindach dieses Bauwerks läuft spitz zusammen. An beiden Ecken des Giebels befindet sich ein Kreuz, an denen der Erlöser hängt. An den seitlichen Wänden sind je zwei runde Fenster angebracht, die wie Kirchenfenster dunkle Mosaikscheiben haben, durch die das Licht sehr gedämmt wird. Die Fenster, die maximal so groß sind, dass ein Kind hindurch passen würde, sind von außen mit schwarzen Eisengittern abgesichert. Rund um die Außenwand ist ein Rosenbeet angelegt, um das sich mehrmals die Woche der Friedhofsgärtner besonders intensiv kümmert. Die Tür zu der Gruft ist eine schwere Eichentür, die aber gut geölt und so geschickt angebracht worden ist, dass auch eine alte Dame wie Signora Mansardo keine Mühe hat sie zu öffnen. Wie bei einem Tempel ist die Frontseite des Gebäudes mit antiken, römischen Säulen verziert. Am imposantesten von außen jedoch sind die beiden vor der Tür sich befindenden Statuen. Die eine stellt einen römischen Legionär dar, der mit Brustpanzer, gezogenem Kurzschwert und Schild eine Wache darstellen soll. Sehr viel bildhauerische Arbeit steckt in diesem Monument. Viele Details sind exakt ausgearbeitet und sehr gut zu erkennen, wie beispielsweise die Fingernägel, die Schnallen der Sandalen und die Verzierungen des Schildes. Einzig das Gesicht des Soldaten unter dessen Helm ist konturenlos. Eine schwache ernste Mimik ist zu erkennen. Die Gesichtsstruktur ist unnatürlich kantig dargestellt. Das grauenhafte an der Statue, und das ist es auch, was eine gewisse Faszination hervorruft, sind die Augen. Ein wenig hervorstechend liegen sie im Antlitz des Legionärs. Die Augenlieder sind weit aufgerissen. Die Augäpfel ragen aus ihrer Einbettung heraus und sind perfekt abgerundet. Pupillen sind keine zu erkennen. Sobald man sich in einem gewissen Radius vor dem Soldaten befindet, denkt man, dass man beobachtet wird. Die Augen, die da sind und auch wieder nicht, verfolgen einen auf Schritt und Tritt.

Die zweite Statue stellt einen weiblichen Engel dar. Barfüßig steht das Kunstwerk fest auf dem Boden. Die nackten Arme der Statue sind leicht angewinkelt in Richtung Boden gestreckt. Beide Hände sind geöffnet. Von den Beinen über die Hüfte bis kurz über die Brüste, deren perfekte Konturen und Rundungen einem Betrachter sofort auffallen - besonders, wenn es sich um einen männlichen Betrachter handelt - reicht ein flatterndes, steinerne Gewand. Dieses endet am Dekolleté, sodass die Schultern unbekleidet sind. Lockige Haare reichen dem Engel bis über die Schulter, wo die Engelsflügel ansetzen. Die Flügel sind jedoch nicht vollends ausgefaltet, sondern nur so weit, wie eine Vogelmutter ihre Jungen darunter beschützen würde. Der ein wenig zur Seite gedrehte Kopf dieser Engelsstatue ist der einer jungen Frau. Verziert mit einer zierlichen Nase, weichen Wangen und einem kleinen, spitz zulaufenden Kinn, wird die Vertrauenswürdigkeit der Dame noch gestärkt. Der Mund ist so geformt, dass ein leichtes, gutmütiges Lächeln zu erkennen ist. Im Gegensatz zu dem Legionär sind die Augen dieser Statue sehr ausgearbeitet. Geöffnet, aber nicht aufgerissen, befinden sich die Augen in Höhlen, die weder zu weit hinein, noch zu sehr heraus ragen. Auf den Lidern ist ein Ansatz von Wimpern zu erkennen, die das Bild noch natürlicher, noch perfekter darstellen. Der größte Unterschied ist in den Augen selbst zu finden. Die Pupillen. Während sie bei dem Legionär fehlen, sind sie bei dem Engel vorhanden. Anstatt die komplette Umgebung vor der Gruft zu betrachten, richtet sich der Blick sanft in Richtung Eingang des

Gebäudes. In Stein gemeißelt steht eine Botschaft: »Bei uns kannst Du ruhen, hier findest Du Vollkommenheit und Sicherheit. Vertraue uns. Wir nehmen Dich auf und leiten Dich in Gottes unendliches Reich.«

Francesco schreitet zwischen dem steinernen Legionär und dem Engel hindurch zur Eichentür der Gruft, wobei er von dem Legionär einen gebührenden Abstand hält und sich eher in der Nähe des Engels aufhält. Die Eingangstür lässt sich ganz einfach öffnen. Hinter der Tür ist es dunkel. Matt scheinen die Sonnenstrahlen von außen durch die kleinen, runden Fenster, deren dunkle Scheiben das Licht zum Großteil absorbieren. Unzählige Bilder von den Verstorbenen Mansardos hängen an den Wänden. Hierbei handelt es sich nicht nur um Fotografien, sondern auch um handgemalte Gemälde, die wahrscheinlich aus dem späten 18. Jahrhundert stammen. Meist sind es ältere Personen, die ihr Leben gelebt und ein ehrwürdiges Alter erreicht haben. Einige jüngere, uniformierte Männer sind zu sehen, die vermutlich in den beiden großen Weltkriegen gefallen sind. An deren Abzeichen kann man erkennen, dass sie einen Offiziersrang bekleideten, was ihnen aber anscheinend auch nicht viel genutzt hat, da sie keines natürlichen Todes starben.

In der Mitte der kleinen Halle führt eine Treppe flach nach unten in das Kellergewölbe der Gruft. An der Decke dieses Abstieges ist eine elektrische Beleuchtung angebracht, deren Lampen nur spärliches Licht spenden. Kaum ist Francesco die ersten Stufen nach unten gegangen, hört er die alte Signora Mansardo ein Gebet sprechen. Sofort fällt ihm auf, dass die Signora das Gebet nicht auf Italienisch, sondern auf Latein spricht. Unten angekommen, unterbricht die alte

Dame ihre Gottesanrufung, dreht sich um und betrachtet den Neuankömmling. Francesco blickt die Signora an und fährt seinerseits mit dem Gebet fort, ebenfalls auf Latein. Die Signora beginnt kurz zu lächeln und stimmt den letzten Absatz mit ein, den sie dann zusammen im Duett zu Ende bringen. Nachdem sich beide bekreuzigt haben, dreht sich die Signora Francesco zu und redet ihn an: »Es ist schön jemanden zu hören, der dieser Gelehrtensprache noch mächtig ist. Sie gerät immer mehr in Vergessenheit, genauso wie die Manieren und die Intelligenz der gemeinen Bevölkerung. Nun Signore Gespucci, ich nehme nicht an, dass Ihr hier in unsere Familiengruft gekommen seid, um mit mir zu beten, oder?« »Nein, Signora, ihr habt recht, ich wollte mich mit euch unterhalten. Verzeiht, falls ich euch erschreckt haben sollte.« »Ihr habt mich nicht erschreckt. Aber wenn Ihr nun schon mal hier seid, dann möchte ich euch wenigstens die letzte Ruhestätte der Familie Mansardo zeigen.« Obwohl Francesco alles andere als eine Grabesbesichtigung und Führung durch die Gruft mitmachen möchte, weiß er, dass er dieses Angebot unmöglich abschlagen kann, wenn er sich später noch mit der Signora unterhalten will. Eine private Führung durch die Gruft der Mansardos zu bekommen ist eigentlich eine große Ehre, vor allem, wenn sie von der ehrwürdigen Signora Mansardo selbst gehalten wird. Und so lässt sich Francesco in die Geschichte der Mansardos einweihen. Die Gruft ist unterirdisch sehr groß und muss weit über die Grenzen des Friedhofs hinaus ragen. In der Mitte steht ein Altar auf dem man den Sarg mit dem frisch Verstorbenen legt. Darum herum befinden sich einige Holzstühle und ein Rednerpult. Selbst hier unten schwingen die

Mansardos sicherlich noch große Reden, denkt sich Francesco bei dessen Anblick. Die Leichname werden nicht im Boden begraben. An den Wänden befinden sich unzählige Löcher, in die die Toten eingefügt und anschließend mit einem gravierten Stein verschlossen werden. In vier Reihen liegen die Toten so übereinander. Viele dieser Löcher sind noch offen, aber unzählige sind bereits mit einem Grabstein versehen. Die Grabsteine werden nicht bündig mit der Wand angebracht sondern in etwa zwanzig Zentimeter tiefer in diese eingelassen. Dadurch bleibt eine kleine Nische bestehen, auf der Kerzen, Blumen oder andere Andenken an den Verstorbenen aufgestellt werden können. Bei vielen älteren Gräbern sieht Francesco Gegenstände, nach denen sich wahrscheinlich mancher Antiquitätenhändler alle zehn Finger für ausreißen würden. Alte Waffen, Schmuck, Spielzeug, Orden und vieles mehr waren dort zu entdecken. Obwohl das alles sehr eindrucksvoll ist, mag Francesco diesen Ort nicht. Eine besondere Ablehnung bewirkt bei ihm der modrige Duft, den solche Kellergewölbe an sich haben. Ob es Einbildung ist oder nicht, weiß Francesco nicht zu sagen, aber der normale Kellergeruch wird seiner Meinung nach noch mit dem Geruch der Toten angereichert, was ihm endgültig ein unbehagliches Gefühl bereitet. »Vielen Dank, Signora Mansardo, für die überaus interessante Führung durch ihre Familiengruft, aber…« »Wir sind noch nicht fertig«, gibt sie ihm schroff zu verstehen. »Seht her, Francesco Gespucci«. Die alte Dame geht dorthin, wo die Grenze zwischen den geschlossenen, gefüllten Gräbern und den noch offenen Löchern in den Wänden ist. »Schaut, Signore Gespucci,« wiederholt sie sich und deutet auf die Grabstätte. Francesco beobachtet sie und leitet dann seinen Blick auf das letzte geschlossene Grab. »Hier ruht mein Mann, der Vater von meinem geliebten Sohn Antonio. Betrachtet es genau, Signore Gespucci, was fällt euch dabei auf?« Francesco nähert sich dem Grabstein und versucht trotz der schlechten Lichtbedingungen die Inschrift zu lesen. Ein Foto ist davor in der kleinen Mauervertiefung zu sehen. Genauso wie Stephano seinem Vater ähnelt, gleicht dieser vom Aussehen her seinem verstorbenen Papa. Das Bild zeigt einen Mann mittleren Alters. »Wieso ist hier nur ein Foto von Ihrem Mann in jungen Jahren zu sehen? Und nicht eines als er älter war?« fragt er die Signora. »Betrachtet es ganz genau, dann werden ihr selbst auf die Antwort kommen,« antwortet sie ihm. Mit höchster Sorgfalt liest er den in Stein gemeißelten Text. »Es ist das Alter, Signora,« gibt er ihr nach nur wenigen Sekunden zu verstehen. »Wieder habt ihr bewiesen, dass ihr was im Kopf habt, Signore Gespucci. Gerade einmal 35 Jahre alt ist mein guter Mann geworden, als er uns verlassen hat. Antonio war damals erst sechs Jahre alt. Wisst Ihr wie er gestorben ist?« »Ich hörte mal, er hatte einen Autounfall. Er ist mit dem Wagen von der Bergstraße abgekommen und in eine zwanzig Meter tiefe Schlucht gefallen.« »Ja, in die Schlucht ist er gerast. Wütend und betrunken ist er eines Abends aus einer Versammlung gekommen und wollte zu uns in unsere Villa zurück fahren. Auch er war ein machtbezogener Mensch wie wir alle Mansardos es sind. Das liegt uns im Blut. Wir brauchen das, wie andere das tägliche Brot.« Mit weit aufgerissenen Augen spricht die Signora auf Francesco ein, der sich sehr in die Enge getrieben fühlt und sich noch unwohler fühlt, als es ihm bisher schon ist. Die

Signora fährt fort: »Damals fand eine Stadtversammlung statt. Es war kurz nach dem Krieg, die Karten mussten wieder neu verteilt werden, da einige glaubten, sie könnten in der Zeit der Unordnung die Macht an sich reißen. Aber wir, unsere Familie, hat schon seit Generationen hier das Sagen. Naja, einige von unseren damaligen Anhängern haben sich an diesem Abend gegen meinen Mann gewandt. Da ist sein Temperament mit ihm durchgegangen. Es gab Streit. Er wollte sich nicht den anderen beugen und hat voller Wut die Versammlung verlassen. Er ist in seinen Wagen gestiegen und wollte zu uns nach Hause fahren. Allerdings hatte er zu viel Wein getrunken. Und den Rest der Geschichte kennen Sie ja.« »Das alles tut mir sehr leid, Signora Mansardo, aber warum erzählen Sie mir diese Geschichte so genau?« Signora Mansardo, die sich in Rage geredet hat, fasst Francesco fest an den Armen und schaut ihm ins Gesicht. Dann fährt sie mit düsterer Miene fort: »Die damaligen Leute waren so geschockt, dass Sie zu uns kamen und mir allesamt ihr Beileid und ihre uneingeschränkte Treue angeboten haben. Ich allein hatte von da an das Sagen und bestimmte viele wichtige Entscheidungen. Die Macht der Familie Mansardo wäre beinahe gebrochen worden. Dieser Unfall, so schlimm er auch war, ist für die Macht der Familie ein glücklicher Zufall gewesen. Meine wichtigste Aufgabe war es jedoch nicht zu regieren und zu bestimmen, sondern meinen Sohn zu erziehen. Zu einem würdigen Nachfolger der Familie. Zu einem Sieger, der sich durchsetzt und der keine Kontrahenten neben sich dulden muss. Und das hat die Jahre hinweg auch sehr gut funktioniert. Und nun kommen Sie ins Spiel, Signore Gespucci.« Signora Mansardo lässt Francesco los. Ihre ernste, bedrohliche Ausstrahlung schwindet von einer Sekunde auf die andere. Freundlich, aber bestimmt wirkt sie nun, wie eine Verkäuferin, die einem Kunden ein Angebot macht, das dieser außer Stande ist abzulehnen. »Fahren Sie bitte fort, Signora Mansardo« sagt Francesco zu ihr. »Sie sind lästig für uns, Signore Gespucci. Sehr lästig. Wenn sich einer wie Sie, ein Mann, der seine Zeit mit dem Unterrichten von kleinen Kindern verbringt und dazu noch die Statur eines armen Schriftstellers hat, es wagt sich gegen meinen Sohn aufzulehnen, könnte das Nachahmer wecken. Nachahmer, die die Macht unserer Familie erneut gefährden und ins Wanken bringen könnten. Ich mache Ihnen einen Vorschlag, der uns beide von Nutzen ist.« Signora Mansardo geht um Francesco herum wie ein Raubtier, das seine Beute einkreist. »Ihr, Signore Gespucci, lasst euch nicht zu der zukünftigen Wahl aufstellen. Nebenbei, mein Sohn hat mit Signore Solodini sowieso einen Kandidaten, dem ihr nur schwer die Stirn werdet bieten können. Zusätzlich haben wir einen beträchtlichen Wahlkampfvorsprung, der schon fast nicht mehr aufzuholen ist. Und wir haben die nötigen Finanzen für weitere Aktionen.« »Kommen Sie zur Sache, Signora Mansardo, sagt Francesco ruhig. Seine plötzliche innere Festigkeit irritiert die Signora, die sich aber schnell wieder fängt und zu ihrer Schlussrede ansetzt. »Also, um uns viel Arbeit und Nerven und Ihnen eine blamable Niederlage zu ersparen, nehmt ihr nicht an der Wahl teil! Dafür würden wir auch eine großzügige Spende an ihre geliebte Grundschule geben. Und Sie, Signore Gespucci, wollten Sie nicht immer eine Wohnung im Erdgeschoss beziehen? Wir könnten das arrangieren und Sie müssten in dieser, euren neuen, eigenen

Wohnung nicht mehr zur Miete wohnen, wenn Ihr versteht, was ich damit meine.« Mit listigen Augen betrachtet sie Francesco, der sehr nachdenklich wirkt. Nach einer kurzen Zeit des Schweigens antwortet er ihr »Ein sehr lukratives Angebot. Lasst mir ein paar Tage zur Überlegung. Das kann ich jetzt nicht sofort beantworten.« »Nehmt euch ruhig die Zeit, die Ihr benötigt, aber wartet nicht zu lange. In wenigen Tagen ist die Wahl vorbei.« Francesco geht in Richtung Ausgang die Treppe hinauf. Noch bevor er außer Sicht ist, ruft ihm Signora Mansardo zu: »Wir verstehen uns doch, Signore Mansardo, dass dieses Gespräch nur unter uns beiden bleiben darf. Niemand, noch nicht einmal mein Sohn, darf hiervon erfahren.« »Ich schwöre, dass ich keiner Seele ein Sterbenswort von eben erzählen werde« beruhigt Francesco die Signora. »Gut, dann wäre das auch geklärt. Eine Sache noch: Weswegen seid ihr eigentlich zu mir in die Gruft gekommen, Signore Gespucci?« fragt die Signora, worauf Francesco mit seiner Schulter zuckend gelassen antwortet: »Ob Sie es glauben oder nicht, ich hatte keinen speziellen Vorwand. Ich wollte einfach nur mal mit der Mutter des *Papa Mansardo* reden und sehen, was dabei herauskommt. Reine Neugier also, mehr nicht.« »Nun denn, dann hat euch euer Wissensdrang ja wohl weitergeholfen. Verbleiben Sie wohl, Signore Professore. Ich erwarte baldigst Ihre Antwort auf meine Offerte!« erwidert die Signora Francesco, der sich mit einem höflichen Kopfnicken von der alten Dame verabschiedet. Fest davon überzeugt, dass Francesco auf ihr Angebot eingehen wird, dreht sich Signora Mansardo zufrieden und stolz um und schaut das Grab ihres Gatten an. »Du hast die richtige Frau geheiratet, ich bin würdig den Namen Mansardo zu tragen, mein lieber Mann. Und Antonio erweist ebenfalls dem Namen Mansardo Ruhm und Ehre.«

Am Montagmorgen betritt Francesco die Schule. Er geht direkt ins Lehrerzimmer, um dort seine Sachen abzulegen und Unterlagen für den bevorstehenden Unterricht zu holen. Neben seinen Kolleginnen und Kollegen trifft er auch auf Maria, die ihn anlächelt und ihm einen schönen Arbeitstag wünscht. Als Francesco zu seiner Klasse gehen möchte, kommt er an Kevin Short vorbei. Dieser geht zu Francesco und flüstert ihm zu: »Ciao Francesco. Wir müssen reden. Nach der Schule in der Mittagspause hinten im Kopierraum, okay?« »Sicher, bis später dann, Kevin« bestätigt Francesco dem Iren, mit dem er ein freundschaftliches, kollegiales Verhältnis pflegt. Francesco sieht seine neuen Schüler vor dem verschlossenen Klassenraum stehen. Ein Kreis hat sich gebildet und in der Mitte raufen sich zwei Jungen. Eigentlich geht Francesco bei so etwas immer schnell dazwischen um den Konflikt zu beenden, aber diesmal hält er sich zurück. Die beteiligten sind Pedro und Stephano, Signore Mansardos Sohn. Beide Jungen nehmen am Fußballtraining teil, erinnert sich Francesco. Der arme Stephano hat nicht den Hauch einer Chance gegen den größeren und vor allem weitaus schwereren Pedro. Pedro hält Stephano an den Boden gedrückt, während die anderen Kinder Pedro anfeuern. Francesco sieht über die Köpfe der Kinder hinweg und kann sich ein schadenfrohes Lächeln nicht unterdrücken. Endlich bekommt ein Mansardo mal etwas, was ihm zusteht, denkt sich Francesco. Er wünscht sich insgeheim, dass nicht Stephano, sondern sein Vater, der Signore Mansardo, dort unten liegen und die Schläge und Demütigung abbekommen möge. Zwei der zuschauenden Kinder haben Francesco bemerkt und weichen erschrocken zurück. Dies bemerken auch die anderen Schüler sofort und hören auf mit ihren Anfeuerungsrufen. Francesco, der ja als gutes Beispiel voran gehen soll, beendet darauf hin sein Grinsen und treibt die beiden Streithähne auseinander. »Schluss jetzt. Was soll denn das, Kinder. Wir sind doch hier bei keinem Ringkampf.« Francesco schließt die Tür auf und sagt den anderen Kindern, dass sie hineingehen sollen. Sie hätten jetzt Kunst und sollten an ihren Bildern von letzter Woche weitermalen. Dann wendet er sich den beiden Jungen zu. »So, nun zu euch beiden. Was sollte das hier ebengerade?« »Stephano wird beim Sport total bevorzugt. Und das nur, weil er so einen berühmten Papa hat,« beschuldigt Pedro mit zorniger Stimme seinen Klassenkameraden. »Das ist gar nicht wahr« erwidert Stephano sofort auf diese Anschuldigung. »Der Trainer hat einfach gesehen, dass ich etwas Besseres bin als Du«. Pedro möchte sich daraufhin von Francesco losreißen und wieder auf Stephano los gehen. Doch Francesco hat die beiden fest im Griff und lässt es zu keinen weiteren Attacken mehr kommen. »Pedro, du gehst nun rein zu den anderen und malst dein Bild weiter.« »Aber« »Kein aber, Du gehst jetzt rein und zeichnest. Los, Pedro!« Mit einem bösen Blick auf Stephano gerichtet, verlässt Pedro den Flur und begibt sich wie befohlen in das Klassenzimmer. »Nun zu Dir, Stephano Mansardo«. »Danke, dass Sie mir geholfen haben, das werde ich meinem Papa erzählen, der wird Sie dann sicher belohnen.« »Es stimmt, was Pedro gesagt hat, Stephano. Du wirst bevorzugt, weil Dein Papa nun mal der ist, der er ist.« Stephanos Augen füllen sich mit Feuchtigkeit.

Francesco tut der Kleine plötzlich enorm leid. Er kniet sich vor ihm hin, sodass er auf dessen Augenhöhe ist. »Stephano. Sei Du selbst. Es kommt nicht darauf an, was Deine Familie ist. Oder was sie von Dir verlangt. Es kommt nur auf Dich an. Du musst Deinen Weg gehen, Stephano. Überzeuge sie alle mit Leistung und sei fair zu deinen Mitschülern. Verstehst Du, was ich meine?« Stephano nickt. Francesco nimmt ein Taschentuch aus seiner Hose und trocknet dem Jungen die Tränen. »So, dann auf in den Unterricht mit uns beiden.« Noch bevor Francesco die Tür zu dem Klassenraum öffnet, zieht Stephano an Francescos Hand und schluchzt ihn an: »Ich mache schon etwas, was nur ich möchte. Ich wollte auf diese Schule gehen und keinen Privatlehrer haben, so wie es bei meinen Schwestern der Fall war. Ich will Freunde haben. Meine Oma und mein Vater sind dagegen, aber meine Mama hat sich für meine Einschulung hier eingesetzt und meinen Papa überredet. Deswegen bin ich hier.« Francesco nickt Stephano verständnisvoll zu. So etwas Ähnliches hat Gloria Mansardo auch am Telefon gesagt, als er gestern mit ihr gesprochen hat. Nur hat sie noch ergänzt, das Signore Mansardo seinem Sohn erzählt hat, dass dieser immer im Sinne der Familie handeln und sich nichts von den anderen gefallen lassen soll. Schließlich ist er der letzte männliche Nachfahre der Familie Mansardo und es ist sein Schicksal, später eine Anführerrolle in der Gesellschaft zu übernehmen. Und um dafür zu üben, ist bereits die Grundschule ein geeigneter Ort.

Wie besprochen treffen sich Francesco und Kevin in der Mittagspause im Kopierraum der Schule. Kevin vergewissert sich, dass niemand mehr draußen auf dem Flur zu sehen ist, bevor er die Tür des kleinen Zimmers schließt. Aufgebracht und mit hochrotem Kopf läuft Kevin hin und her, während Francesco sich in eine Ecke stellt, um Kevin nicht im Weg zu stehen. »Was hast Du, Kevin, warum streunst Du hier wie ein Tiger auf und ab und warum möchtest Du mich auf so geheimnisvolle Art und Weise sprechen? Ist was mit Deiner Klasse?« Kevin, der sich langsam wieder beruhigt, bleibt vor Francesco stehen. Immer noch mit erhöhtem Blutdruck und hochrotem Kopf sucht der Ire nach Worten. „Mit meiner Klasse? Nein, mit der ist alles in Ordnung. Zumindest mit meiner Schulklasse.« »Was ist es dann?« fragt ihn Francesco erneut. Er vermutet bereits, dass es was mit Stephano Mansardo und dem Fußballtraining zu tun haben muss. Und mit seiner Vermutung sollte er recht behalten. »Das Training am Freitag war die Hölle, Francesco. Dieser Knirps macht mein ganzes Konzept kaputt und untergräbt meine Autorität.« »Warum lässt Du Dir das gefallen, Kevin? Mit den Kindern von anderen Vätern, die von Dir verlangen, dass Du deren Sprösslinge bevorzugst, gehst Du doch auch ganz anders um. Wieso diese für Dich untypische Zurückhaltung, ausgerechnet bei Stephano Mansardo? Hast Du Angst vor etwas?« »Angst? Dass ich nicht lache. Ich habe vor nichts und niemandem Angst, klar!« entgegnet Kevin. »Aber ich muss Stephano bevorzugen, sonst,« Kevin unterbricht einen Moment seinen Redefluss, da er sich nicht ganz sicher ist, ob er Francesco die ganze Geschichte erzählen soll. Francesco merkt Kevins Zurückhaltung und reagiert prompt. Er schlägt Kevin freundschaftlich auf die Schulter und spricht ihn an: »Kevin, Du kannst mir alles anvertrauen, was Du willst. Ich verspreche Dir, es wird Dir anschließend besser gehen und Deine Informationen sind bei mir bestens aufgehoben.« Kevin schaut Francesco kurz an und beginnt dann zu erzählen. Francesco hört aufmerksam zu, was sein Kollege zu berichten hat. »Du kennst doch Isabella, meine Frau.« »Sicher kenne ich sie. Ist etwas mit ihr? Fehlt ihr was?« »Nein, ihr geht es gut. Naja, nicht ganz so gut,« erwidert Kevin, der sich vollends beruhigt hat und nun eher verzweifelt als angespannt wirkt. »Die Sache ist die. Isabella arbeitet doch als Buchmacherin im Generali bei den Solodinis.« »Ach ja, das hast Du mal erzählt. Weiter.« »Signore Solodini soll ja zum neuen Regionalratsmitglied gewählt werden, wie Du ja sicher ganz bestimmt weißt.« »Das ist mir nicht entgangen Kevin. Ich bin ja schließlich sein Kontrahent.« »Aber weißt Du auch, dass Signore Solodini sich nicht freiwillig zur Wahl aufgestellt hat, sondern dass er dazu gezwungen wurde?« »So etwas habe ich mir schon gedacht. Der Signore Mansardo hat da seine Finger im Spiel, das haben wir bei der gestrigen Wahlkampfveranstaltung ja alle ganz deutlich sehen können.« »Isabella hat per Zufall am Montag vor einer Woche ein Gespräch zwischen Signore Solodini und Herrn Mansardo belauschen können.« Francesco wird noch viel hellhöriger, als er es bisher schon ist. Montag vor einer Woche war genau das Datum, an dem die Einschulung stattfand. Und es war genau das Ereignis, an dem Signore Mansardo unentschuldigt gefehlt hat. Sollte Francesco heute nicht nur von Stephano erfahren, weshalb der Junge hier eingeschult worden ist, sondern auch was es mit dem Fernbleiben von Signore Mansardo und womöglich sogar mit der Wahlaufstellung Solodinis auf sich hat? Kevin, der eigentlich weiter erzählen möchte, wird plötzlich sehr still und legt sein Ohr an die geschlossene Tür. »Da kommt jemand,« sagt er zu Francesco, geht ein paar Schritte zu einem Aktenschrank und tut so, als ob er darin nach etwas sucht. Von draußen wird die Tür zu dem Kopierzimmer geöffnet. Die Rektorin der Schule betritt das kleine Zimmer. Ihre leicht ergrauten Haare hat sie zu einem Pferdeschwanz zusammengebunden. Sie steht in ihrem farblosen Rock und mit ernster Mimik vor den beiden Lehrern. »Sollten Sie nicht auf dem Weg zum Fußballtraining sein, Signore Short? Und Sie, Signore Gespucci, das hier ist kein Aufenthaltsraum.« Beide Männer bejahen ihre Chefin und verlassen widerstandslos den kleinen Raum.« »Was für ein Drachen«, flüstert Kevin zu Francesco und deutet mit seinem Kopf auf die Schulleiterin, die gerade das Kopiergerät nutzt. »Was machst Du nachher, Francesco. Können wir dann weiterreden?« »Ich muss auf jeden Fall alles erfahren, was Du über diese Sache weißt, Kevin, aber heute Nachmittag kann ich leider nicht. Morgen Mittag nach der Schule hast Du ja, soviel ich weiß, keinen Sportunterricht und ich habe auch frei. Da könnten wir zusammen Mittagessen gehen und uns dabei in Ruhe weiter unterhalten. Ich kenne da eine gute, vertrauenswürdige Pizzeria.« »In Ordnung, Francesco. Aber sag mal, was machst Du denn heute noch den ganzen Nachmittag lang?« Francesco grinst Kevin an und antwortet nur ein Wort: »Wahlkampf!«

»Ich habe mein Wort gegeben und dabei bleibt es, meine Herren,« entgegnet Signore Mansardo den beiden Herren in den grauen Anzügen, die in seinem Arbeitszimmer auf der Ledercouch sitzen.

Beide haben in etwa die gleiche Größe und Statur. Die identischen Anzüge und die Krawatten, auf denen jeweils internationale Währungszeichen wie Pfund- oder Dollarsymbole aufgestickt sind, lassen die beiden Herren beinahe wie Zwillinge aussehen, obwohl sie es nicht sind. Es ist zwar erst gegen Mittag, dennoch halten alle drei Männer ein Glas Cognac in der Hand und rauchen kubanische Zigarren. Das Büro von Signore Mansardo ist abgedunkelt. Die Vorhänge bei den Fenstern sind zugezogen und eine Deckenlampe spendet etwas gedämmtes Licht, das sich durch den Rauch der Zigarren kämpfen muss. Abwechselnd reden die beiden auf Signore Mansardo ein. »Bedenken Sie doch, Signore Mansardo, wie viel Geld hinter der ganzen Sache steht.« »Richtig, bedenken Sie, was Sie daran verdienen werden. Das könnte Ihnen bis zu einer halben Milliarde Lire einbringen. Auf Dauer gesehen wahrscheinlich sogar mehr«. »Meine Herren, wie oft soll ich es Ihnen noch sagen: Sie bekommen von mir eine Entscheidung, sobald die Wahlen hier vorüber sind. Nicht einen Tag später, aber auch nicht einen Tag früher, haben Sie verstanden?« »Jeder Tag bedeutet bares Geld, Signore Mansardo. Geben Sie als Regionalratsvorsitzender uns jetzt schon die Genehmigung und wir können anfangen zu bauen.« »Wir haben gehört, dass Sie Signore Solodini fest in Ihrer Hand haben. Sehr schlau von Ihnen, ihm mit derartiger Konkurrenz zu drohen.« »Ja wirklich, sehr klug von Ihnen«. »Und was ihren Konkurrenten betrifft, diesen Grundschullehrer, der stellt doch nun wirklich keine Gefahr mehr für Sie dar. Die Wahl ist praktisch so gut wie gewonnen!« Signore Mansardo, der sich in seinem Sessel die Argumente der beiden Herren angehört hat, steht nach einem kurzen

Augenblick auf und geht an die Tür. Er öffnet sie und ruft nach seinem Diener, der sofort zur Stelle ist. »Carlos, würden Sie die beiden Herren bitte nach draußen begleiten?« Carlos, ein älterer Spanier, ist schon seit Jahren bei der Familie Mansardo beschäftigt. Höflich zeigt er den beiden Herren den Ausgang des Hauses. Die beiden Männer in den grauen Anzügen wirken sehr überrascht und etwas irritiert, dass der Hausherr nicht mehr antwortet, sondern sie hinaus bittet. Sie stellen ihre noch nicht ganz leer getrunkenen Gläser auf den Tisch ab und stehen auf. Etwas weniger freundlich als eben beim Gespräch sagen sie in ernstem Ton zu Signore Mansardo: »Nur weil Sie hier eine der besten Lagen für unser Projekt haben, heißt das nicht, dass wir keine Alternativen hätten. Achten Sie darauf, dass Sie uns nicht zu lange hinhalten, Signore Mansardo. Am Samstag, wenn diese lächerlichen Wahlen stattfinden, werden wir dabei sein. Wenn nicht schon direkt danach, dann spätestens am darauffolgenden Sonntag wollen wir ihre Entscheidung haben. Guten Tag, Signore Mansardo.« »Guten Tag, meine Herren. Ich melde mich dann bei Ihnen.« Während Carlos die Herren hinaus geleitet, geht Signore Mansardo zurück in sein Arbeitszimmer. Dort befindet sich zu seiner Überraschung seine Frau Gloria. »So habe ich Dich schon immer erlebt,« sagt sie zu ihm. »Du hast Deinen Kopf und nichts und niemand kann Dich von einer Sache umstimmen. Selbst eine halbe Milliarde Lire nicht.« »Und wie findest Du das?« fragt er sie argwöhnisch. Er ist sich nicht ganz sicher, ob diese Worte von ihr Lob oder Tadel sind. Gloria Mansardo, die sich ebenfalls ein Glas Cognac eingeschenkt und schon beinahe getrunken hat, stellt das Glas ab und kommt in ihrem schwarzen, luftigen Sommerkleid langsam auf ihren Mann zu. Sie umarmt ihn und flüstert ihm ins Ohr. »Es kommt ganz darauf an, bei wem Du so reagierst. Das eben fand ich einfach nur … dominant.« Sie küsst ihren Mann liebevoll zuerst auf den Hals und dann auf den Mund. Antonio erwidert die Küsse seiner Frau. Währenddessen streicht seine eine Hand über Ihren Rücken, wo sich der Reißverschluss ihres Kleides befindet. Mit der anderen Hand schließt Antonio die Tür seines Arbeitszimmers zu.

Francesco hat sich viel vorgenommen für diesen Nachmittag. Ihm ist bewusst, dass er am nächsten Tag für seine Schüler wahrscheinlich improvisieren muss, da er heute nicht viel für den morgigen Unterricht wird vorbereiten können. Aber dieses eine Mal wird das schon nicht so schlimm sein und heute gibt es Wichtigeres zu tun, als sich um die Schule zu kümmern, denkt er sich. Er hat sich eine Liste zusammengestellt, auf der die Personen aufgeschrieben sind, bei denen er vorbei schauen möchte. Francesco setzt im Gegensatz zu seinem Wahlgegner weniger auf pompöse Veranstaltungen, sondern mehr auf den persönlichen Kontakt mit seinen Mitbürgern. Als erstes besucht er die Familie Rosso, Inhaber der örtlichen Bäckerei. Von ihnen bekommt Francesco jeden Sonntag seine Brötchen und sein Croissant frei Haus geliefert. In der Bäckerei trifft Francesco auf Signore Rosso und dessen Frau, die gemeinsam hinter der Theke stehen. »Einen wunderschönen guten Tag, Signora und Signore Rosso. Wie geht es Ihnen? Was macht das Geschäft? « Das Ehepaar Rosso begrüßt den Signore Professore, allerdings ohne die übliche Herzlichkeit, die Francesco normalerweise von Ihnen gewohnt ist. Während die Signora in den hinteren Räumen verschwindet, fragt der Bäckermeister nach, was er für Francesco tun könne. »Zum einen möchte ich meine Brötchen und die Croissants von den letzten Monaten bezahlen, die ihr mir immer so frisch und gut nach Hause bringt.« »Das freut mich, dass sie Ihnen schmecken, Signore Professore.« Signore Rosso schaut schnell in seinen Unterlagen nach und macht die Rechnung für Francesco fertig. Dieser bezahlt den fälligen Betrag und gibt obendrein noch ein ordentliches Trinkgeld. »Lieber Signore Rosso, bald sind ja wieder Wahlen. Ich denke, ich kann doch bestimmt auf eure Stimme zählen, oder? Und auf die eurer entzückenden Gemahlin«, ruft Francesco freudig heraus, während er langsam die Geldscheine herüberreicht. »Nun, äh, sicher, Signore Professore«, stottert Signore Rosso verlegen, ohne Francesco dabei anzusehen. Francesco wartet auf eine Reaktion von Signore Rosso, dass dieser ihm Fragen stellt und mit ihm zu reden beginnt. Dies bleibt jedoch aus. Nach einem kurzen Zögern verlässt Francesco die Bäckerei, bedankt und verabschiedet sich von Signore Rosso. Als Francesco sich umdreht und nach draußen geht, entdeckt er auf der Innenseite der Eingangstür ein Plakat, das er beim Hereinkommen nicht sehen konnte. Blitzschnell wird ihm klar, weshalb der Bäckermeister sich so zögerlich verhalten hat und auf wessen Seite er steht. Das Plakat zeigt Signore Solodini, der eine Schärpe über seinem Anzug trägt, vor seinem großen Supermarkt steht und ein Schild mit der Aufschrift »10 % geschenkt - für alle Dorfbewohner« in der Hand trägt. Francesco hält kurz inne, bevor er nach draußen geht und den verräterischen Bäcker hinter sich lässt. »So, den kann ich schon mal streichen«, denkt sich Francesco und geht nur wenige Schritte zu dem Metzgermeister Rudolpho weiter.

»Ah, der Signore Professore«, ruft dieser erfreut aus, als Francesco dessen Laden betritt. »Ihr kommt genau zur rechten Zeit, Signore Professore. Wenn ihr so nett sein würdet und das mal halten könntet.« Signore Rudolpho ist ein starker, aber kleiner Mann mittleren Alters. In jedem Arm trägt er gerade einen großen Schweineschinken. Francesco drückt er einen der Schinken kurzerhand in dessen Arm, um mit der dadurch freigewordenen Hand einen Schrank zu öffnen, in den er die Schinken aufhängen möchte. Francesco hat einige Mühe den fast 15 Kilogramm schweren Schinken festzuhalten. »Meine Tochter schwärmt ja so von eurem Unterricht, Signore Professore. Ihr gefällt die Schule richtig gut.« »Das ist schön zu hören«, entgegnet Francesco, immer noch die Last des Schweinefleisches schleppend. Aus dem Hintergrund kommt Marta Rudolpho. Eine kräftige Frau, die genauso gut als Ringerin durchgehen könnte. »Salute Signore Professore« ruft sie ihm mit ihrer rauen Stimme zu. »Geben Sie doch den Schinken her, Sie werden ja nur ganz schmutzig, so ganz ohne Schürze«. Mit einem Handgriff entnimmt sie Francesco das Fleisch und trägt es locker leicht zu ihrem Mann hinüber, der es sorgfältig in dem Schrank verstaut. »Kinder, schaut wer da ist«, ruft sie in einen Vorhang hinein, der den vorderen Verkaufsraum von den hinteren Zimmern abtrennt. Drei Jungen kommen aus dem hinteren Zimmer nach vorne gelaufen und begrüßen ihren ehemaligen Lehrer. »Na, wenn das mal kein Familienunternehmen ist«, stellt Francesco fest. »Fünf Kinder haben wir. Die Jüngste haben Sie derzeit ja bei sich im Unterricht, die drei Jungs werden Metzger und unsere Älteste so etwas Ähnliches«, bekommt Francesco von dem stolzen Vater erklärt.

»Etwas ähnliches wie Metzger?« fragt Francesco nach. »Ja, sie studiert Medizin und möchte Chirurgin werden«, bestätigt die Mutter. »Mit den tierischen Innereien kennt sie sich natürlich gut aus, und mit den menschlichen ist das sicher nicht so ein großer Unterschied«, fügt die Signora noch hinzu. »Was kann ich für Sie tun, Signore Professore?« fragt ihn der Metzgermeister. Francesco schaut sicherheitshalber noch einmal an die Innenseite der Eingangstür. Er möchte sich vergewissern, dass dort kein Plakat seines Kontrahenten Solodini hängt, wie es bei den Bäckersleuten der Fall war. Zu seiner Erleichterung ist dies hier aber nicht der Fall. »Es geht um die Wahl am kommenden Samstag.« »Halt. Kein Wort mehr weiterreden«, fällt Signora Rudolpho Francesco ins Wort. »Es ist doch Ehrensache, dass wir Sie unterstützen, mein lieber Signore Professore. Sie haben alle unsere Kinder unterrichtet und sind gerade dabei das letzte von uns zu belehren. Und ich kenne meine Nachkömmlinge. Sie sind bestimmt nicht immer einfache Kinder. Keine Frage. Von uns bekommen Sie die Stimme und jeder der hier hereinkommt, dem sagen wir natürlich auch, dass er Sie wählen soll.« »So ist es, Signore Professore«, bestätigt Signore Rudolpho seine Frau. »Das ist sehr schön zu hören. Vielen Dank«, antwortet Francesco ein wenig gerührt. »Also dann, bis demnächst.« Francesco verabschiedet sich von der Familie Rudolpho, die ihm zum Abschied noch eine Salami und einen Ring Fleischwurst mit auf den Weg geben. Draußen auf der Straße schaut sich Francesco seine Liste an. Hinter den Namen Rudolpho macht er zufrieden und erleichtert ein Häkchen, während er seines Weges weiter geht. Francescos nächste Person auf seiner Liste ist das alte Ehepaar Bartoli.

Die Bartolis sind beide jenseits der 70 Jahre. Sie leben in einem kleinen Häuschen mitten im Dorf, nicht weit weg von der Kirche. Sie sind eine der wenigen Eheleute in dem Dorf, die kinderlos sind. Nicht dass sie sich keine gewünscht hätten, aber die Natur hat bei Ihnen hierbei einfach nicht mitspielen wollen. Daher hatten die Bartolis sehr viel Zeit in ihrem Leben. Früher, als sie beide noch arbeiteten und mehr als genügend Geld hatten, sind sie oft verreist. Ihre schmale Rente lässt dies heutzutage jedoch nicht mehr zu. Aber sie haben eine andere Beschäftigung gefunden, wie sie ihrer Sehnsucht nach fernen Ländern nachkommen können. Bereits in ihrer aktiven Reisezeit veranstalteten sie nach ihren Urlauben regelmäßige Diaabende, an denen sie ihren Freunden und Bekannten die Fotos von ihren Reiseorten zeigten und ihre Urlaubserlebnisse mitteilen konnten. Diese Diaabende haben die Bartolis intensiviert. Neben den engsten Freunden werden auch entfernte Bekannte dazu eingeladen. Vor allem bei den älteren Bewohnern des Dorfes kamen und kommen diese Abende sehr gut an. Nicht nur wegen der Fotos und der Urlaubsgeschichten, sondern auch wegen des Weins und der Knabbereien, die die Gäste gerne und reichlich mitbringen, sind die Abende bald zu einer wichtigen gesellschaftlichen Institution des Dorfes geworden.

Diese Veranstaltungen, an denen die Senioren von ihren alten Zeiten erzählen können, finden seit einigen Jahren in regelmäßigen Zeitabständen statt. Francesco denkt sich, wenn er die Stimmen all dieser alten Herrschaften bekommen könnte, würde er mit Solodini sicherlich gleichziehen können. Der Grundschullehrer klingelt an der Haustür, die einen Moment später von beiden Bartolis gemeinsam geöffnet wird. »Oh, Signore Professore. Sie lassen sich ja auch mal wieder blicken«, wird er freundlich, aber auch ein wenig griesgrämig von Signore Bartoli begrüßt. »Achten Sie nicht auf die Worte meines Mannes. Er hätte Sie nur gerne öfters mal wieder bei uns zu unseren Diaabenden begrüßt, an denen Sie ja letztes Jahr einigermaßen regelmäßig dran teilgenommen haben.« Das stimmt. Francesco war vor einigen Monaten wirklich ein paarmal bei diesen Urlaubspräsentationen anwesend. Die Bartolis waren vor langer Zeit einmal in Australien gewesen. Da Francesco sich sehr für dieses Land am Ende der Welt interessiert, hat er die Vortragsreihe hierzu besucht, die sich über mehrere Abende erstreckte. Im Gegensatz zu den anderen, war er jedoch mehr an den Bildern und Eindrücken dieses geheimnisvollen Landes interessiert, als sich mit den anderen darüber und über Gott und die Welt zu unterhalten. Daher hat es Francesco bei diesen wenigen Besuchen belassen. »Was können wir für Sie tun, Signore Professore?« fragt ihn der Hausherr, während Francesco in das geräumige Wohnzimmer geführt wird, wo an der Wand die große Leinwand für die Diapräsentation hängt. Francesco setzt sich und beginnt gleich mit seinem Anliegen. »Es ist so, bald sind ja die Wahlen und« »pah«, unterbricht ihn Signore Bartoli, der neben dem Gast Platz nimmt. »Merken Sie sich eins, Signore Gespucci. Wenn Wahlen etwas ändern würden, dann wären sie schon längst verboten worden. Einem Land geht es nur dann gut, wenn es von einem Herrscher regiert wird. Dieser muss allerdings ein gerechter und fähiger Herrscher sein«, fügt Signore Bartoli mit erhobenem Zeigefinger hinzu. »Nehmen wir zum Beispiel die arabischen Fürstentümer, in die wir vor sieben Jahren eine

vierwöchige Reise unternommen haben. Dort ist alles wunderbar. Kein Dreck. Keine Kriminalität. Beinahe Vollbeschäftigung.«
»Keine freie Meinungsfreiheit«, denkt sich Francesco, behält seine Gedanken jedoch für sich, da er dadurch sicher nicht die Stimmen und die wertvolle Empfehlung der Bartolis gewinnen würde. Signore und Signora Bartoli erzählen Francesco eine weitere halbe Stunde lang von fernen Ländern, deren Gebräuche und Sitten. »Die eine oder andere fremde Gepflogenheit könnte man ruhig auch mal hier in Italien aufnehmen«, meint Signore Bartoli. Francesco, der manchmal ungeduldig auf eine Uhr schaut, stimmt den Bartolis freundlich zu und scheint sie so für sich zu gewinnen. Und in der Tat. Als Francesco das Haus verlässt, gibt ihm Signore Bartoli mit auf dem Weg, dass er, obwohl er eigentlich nicht wählen gehen wolle und Wahlen verabscheue, ihm zuliebe gehen und ihn wählen werde. Und auch Signora Bartoli verspricht Francesco ihre Stimme zu geben. Auch würde sie ihren Freunden von dem Diaabend Bescheid geben, dass sie Francesco wählen sollen. Allerdings unter der Bedingung, dass Francesco zukünftig wieder öfter an den Diaabenden teilnehme, da es so schön sei, auch mal wieder die Jugend dabei zu haben. Per Zufall findet genau an diesem Freitagabend eine Veranstaltung statt, zu der Francesco von den Bartolis eingeladen wird. »Und falls Ihr noch jemanden mitbringen möchtet, wäre das gar kein Problem. Vor allem dann nicht, wenn sie jung und hübsch ist«, ergänzt Signore Bartoli und grinst dabei frech seine Frau an, die ihm daraufhin einen kleinen Klaps auf sein Hinterteil gibt. Francesco denkt sofort an Maria. Ob sie ihn hierher begleiten möchte? Er verabschiedet sich von den Bartolis und begibt sich zu der nächsten Person auf seiner

Liste. Die Einladung an dem Freitag muss er natürlich annehmen, wenn er die Stimmen dieser Herrschaften gewinnen möchte. Er ist sich nicht ganz sicher, ob der Wahlsieg dies alles wert ist. Dennoch trägt er höchst zufrieden bei den Bartolis ein Häkchen ein.

Bis in den späten Abend hinein ist er durch das Dorf gegangen und hat auf seine Weise volksnahen Wahlkampf bestritten. Jede Person auf seiner Liste hat er besucht. Nur den Eisladen der Mandinis hat er links liegen gelassen, da diese ihre gesamte Fensterscheibe mit Plakaten Solodinis behängt haben. Sogar auf ihren Eisbechern, auf denen ebenfalls ein Logo des Generali aufgedruckt ist, steht geschrieben, man solle Solodini wählen.

Bei sich zu Hause angekommen, setzt sich Francesco in seinen Sessel und geht die Liste noch einmal durch. Seine Bilanz ist recht zufriedenstellend. Er kommt zu dem Resultat, dass etwas mehr als die Hälfte seiner damaligen Wähler ihm weiterhin treu geblieben sind. Solodinis Supermarktwerbung und die gestrige Wahlkampfveranstaltung von Mansardo haben jedoch Wirkung gezeigt. Nachdem Francesco überlegt und nachgerechnet hat, kommt er zu dem Ergebnis, dass es auf jeden Fall sehr eng wird und dass Solodini derzeit wahrscheinlich immer noch ein paar Stimmen in Führung liegt. Todmüde von dem anstrengenden Tag, möchte Francesco eigentlich nur noch in sein Bett gehen und schlafen. Aber eine Sache gilt es noch an diesem Tag zu erledigen. Er setzt sich an seinen Küchentisch und holt ein Blatt Papier. Nach nur wenigen Minuten hat er einen kurzen Text darauf geschrieben. Das Papier steckt er in einen Briefumschlag, den er an die entsprechende Person adressiert. Er zieht sich seine Jacke über und geht schnellen Schrittes zur Post. Ein reines Postamt gibt es in dem Ort nicht. Die Post ist in einem kleinen Zeitschriftenladen untergebracht, der glücklicherweise recht lange geöffnet ist. Daher hat Francesco noch die Möglichkeit an diesem Abend den Brief als Eilbrief loszusenden, bevor er sich endgültig in seinem Bett bei sich zu Hause schlafen legt.

Gloria Mansardo hat an diesem Abend bestimmt eine Stunde mit ihren Töchtern im Internat telefonieren können. Dies ist ungewöhnlich lange, da Mobiltelefone in dem Internat verboten sind und nur wenige Telefonapparate für die gesamten Internatskinder zur Verfügung stehen, die sich die Kinder teilen müssen. Oft steht man dort eine Stunde an, um nur zehn Minuten telefonieren zu können, hat mal die dreizehnjährige Tochter gesagt und ihre älteren Schwestern konnten das nur bestätigen. Das reine Mädcheninternat ist nicht nur ein Ort, an denen die Mädchen allerbeste Bildung bekommen, sondern wo ihnen auch beigebracht wird, wie sie sich zu benehmen haben. Sie lernen, was sich gehört und was in der feinen Gesellschaft unerwünscht und unangebracht ist. Zur großen Freude der Mutter halten ihre drei Kinder fest zusammen, machen es aber den Betreuern, Lehrern und Leitern nicht immer einfach. Letztes Jahr wurde wegen der Mädchen eine Sondersitzung abgehalten, zu der auch Gloria und ihr Mann Signore Mansardo geladen waren. Die Mädchen seien zwar alle sehr intelligent und würden überdurchschnittlich gute schulische Leistungen bringen, jedoch sei deren Verhalten gegenüber Respektpersonen mehr als bedenklich. Das Internat müsse auf seinen guten Ruf achten und könne die Mädchen nicht länger bei sich behalten, wenn sie ihr Verhalten nicht ändern würden, bekamen die Mansardos von der Internatsleitung zu hören. Signore Mansardo hat damals Besserung versprochen und mit seinen Kindern in strengem Ton geredet. Allerdings hat er auch dem Internat die Stirn geboten, in dem er deren Kompetenz in Frage stellte, da sie anscheinend nicht einmal in der Lage wären, mit drei jugendlichen Mädchen zurechtzukommen. Die Mädchen, die ihren Vater und Ihre Mutter über alles lieben, jedoch das Internat verabscheuen, haben damals versprechen müssen, sich zu bessern. Sowohl dem Vater, als auch der Mutter haben sie ihr Wort gegeben. Zwar immer noch ihre Unzufriedenheit zeigend, nehmen sie sich seit diesem Gespräch zurück und ertragen ihr Schicksal. Bei den Gesprächen mit der Mutter erzählen sie ihr oft, wie sehr sie ihr Zuhause vermissen. Wie gerne sie wieder dort wären, in ihrer Villa über dem Lago Maggiore. Ihren Vater haben sie gefragt, ob sie nicht zurückkommen und von einem Privatlehrer unterrichtet werden könnten, so wie damals. Signore Mansardo blockt das Thema jedoch immer unbeantwortet ab und verweist auf die hohen Kosten, die das Internat verursache, die hervorragende Bildung, die die Mädchen bekämen und dass sie dankbar sein sollten, dass ihnen so ein Glück zuteil werde. Andere würden sonst was dafür geben, wenn sie in der Lage der Mädchen sein könnten, sagt er ihnen und gibt zu verstehen, dass vorläufig kein Heimkehren möglich ist.

»Antonio, sag deinen Töchtern hallo«, ruft Gloria ihren Mann, geht in sein Arbeitszimmer und hält ihm das Telefon hin. Noch während sie zu ihm geht, lächelt sie vergnügt und flüstert ihm zu, dass es den Töchtern gut gehe und sie tolle Fortschritte machen. Signore Mansardos Aufmerksamkeit hingegen liegt mehr auf einem Haufen

Papiere und Pläne, die sich auf seinem Schreibtisch tummeln, Gleichzeitig gibt sein eingeschalteter Computer ein monotones Surren von sich und wartet darauf, weitere Befehle zu bekommen. Er nimmt den Hörer in die Hand, schaut dabei aber seine Pläne an, während er mit seinen Töchtern telefoniert. Dreimal hintereinander läuft eine ähnliche Prozedur ab: »Geht´s Dir gut? Was macht das Internat? Benimmst Du dich auch gut? Mach´s gut, sei fleißig und mach unserer Familie keine Schande!« Nicht länger als zwei Minuten redet er so mit jeder seiner Töchter, während er zwischendurch etwas über die Tastatur in einen Computers eingibt. Das Lächeln der Signora Mansardo weicht umgehend zu einem enttäuschten Gesichtsausdruck. Als Signore Mansardo auflegt und seiner Frau wortlos den Hörer zurückgibt, nimmt sie ihn entgegen und betrachtet ebenfalls stumm für einige Sekunden ihren Mann. Dieser ist jedoch zu sehr in seine Arbeit vertieft und registriert seine Gloria nicht. Gloria dreht sich um und wendet sich von ihm ab. Sie bewegt sich langsam in Richtung Tür des Arbeitszimmers, die in das Foyer führt. Niedergedrückt erringt sie sich dennoch ein kurzes Lächeln. Die Wahl steht kurz vor der Tür und er muss sehr viel für den Sieg arbeiten. Da hat er heute halt mal keine Zeit, aber das nächste Mal wird es sicher besser, versucht sie sich einzureden. Am Mittwochabend hat er versprochen, dass dies unser Abend wird. Allein unser Abend, denkt sich Gloria und verlässt den Raum ihres Mannes.

Über Nacht hat sich das Wetter geändert. Regentropfen fallen auf die ausgedorrte Erde, die nach der langen Trockenzeit nach dem kühlen

Nass lechzt. Die den See umgebenden Berggipfel sind in einem Schleier von Wolken verdeckt. Es ist regnerisch, aber fast windstill. Man hört den Regen vor allem auf die großen Blätter der Palmen niederprasseln, die trotz der kalten Winter hier immer wieder vereinzelt gedeihen. Mit dem Regen kühlt die Luft zwar beträchtlich ab, aber durch den aufgeheizten Boden liegt eine Schwüle in der Luft, die für diese Jahreszeit eher untypisch ist. Wird man von dem Regen nicht nass, so bekommt man auf seiner Kleidung feuchte Stellen durch den Schweiß, der bei dieser schwülen Wetterlage unweigerlich aus allen Poren hervorschießt. Nachdem Francesco gefrühstückt, sich angezogen und fertig gemacht hat, verlässt er seine Wohnung und bricht zu seinem Arbeitsplatz auf. Noch die Anstrengungen des gestrigen Tages spürend und dazu das triste Grau des Himmels, machen aus ihm heute eine ganz andere Person, als er es eigentlich ist. Irgendwie wird der Tag schon rum gehen, denkt er sich, als er das Schulgebäude betritt. Als ob sie auf ihn gewartet hätte, steht draußen am Eingang Maria, die trotz der schlechten Wetterlage gut gelaunt und voller Elan Francesco abfängt. »Guten Morgen, Francesco. Wie geht es Dir?« Sie lächelt ihn mit ihrer großen, etwas schlaksigen Statur an. Sie trägt einen grauen Regenmantel und gelbe Gummistiefel, in denen sie wie ein Fischer aussieht. »Guten Morgen, Maria«, erwidert Francesco müde und versucht sich zusammenzureißen und wach zu werden. Auf dem Weg ins Lehrerzimmer erzählt Maria von den Kleidern, die sie für den morgigen Tanzabend alle anprobiert hat. Das blaue war zu weit, das rote zu einfarbig und das bunte zu bunt. Was sie aber nun anziehen werde, dass bleibe ein Geheimnis, das Francesco erst morgen zu sehen bekomme. Francesco, der Maria zwar zuhört, aber gedanklich sicher nicht bei der Kleideranprobe Marias ist, lässt den gestrigen Tag Revue passieren. Dabei fällt ihm die Zwangseinladung der Bartolis zu dem Diavortrag am Freitagabend ein. Er dreht sich zu Maria um und fragt sie, ob sie nicht Lust hätte, mit ihm dorthin zu gehen. Sie müsse allerdings darauf gefasst sein, dass sie mit Abstand die Jüngste sei und sicher von den älteren Herren einige Bemerkungen deswegen erdulden müsse. Und sicher auch solche Bemerkungen, die ältere Herren, vor allem italienische ältere Herren, jungen Frauen immer zuteil werden lassen. »Das machen die ja nicht böswillig, sondern nur um zu testen, ob sie es noch drauf haben«, verteidigt Maria die ehrwürdigere männliche Generation ihrer Landsleute. Ohne langes Hin und Her hat Maria für die Diaveranstaltung zugesagt und gefragt, was sie denn mitbringen solle. Der Mann bringt meist Wein und die Frau etwas Selbstgemachtes zu essen mit, wenn sich Gruppen in einem anderen Haus treffen. Dies ist ein ungeschriebenes Gesetz, das wahrscheinlich nicht nur in den Dörfern rund um den Lago Maggiore gilt. Eine Todsünde ist es, wenn die Frau lediglich etwas Gekauftes aus dem Supermarkt serviert. Spott und Hohn der anderen Frauen ist ihr dann sicher. Maria fragt Francesco, ob er eine Idee hätte, was sie denn mitbringen solle. Er beginnt kurz zu überlegen, welches Gericht ihm gut schmeckt und er gerne mal wieder essen möchte. Er erinnert sich, dass Maria bei einem Schulfest ein selbstgemachtes Panna Cota mit frischer Himbeersoße zubereitet hat. Das war so gut, dass die Schüssel bereits nach einer viertel Stunde leer gegessen war. In der Hoffnung, dass sie diesen Gaumenschmaus auch an dem

Diaabend machen würde, sagt er zu ihr: »Du könntest doch ein süßes, leckeres Dessert zubereiten. Vielleicht etwas mit Milch. Und dazu eine Fruchtsoße oder so etwas Ähnliches.« Maria denkt kurz nach und schlägt Francesco dann vor, den besagten Nachtisch vorzubereiten. Er willigt begeistert ein und freut sich nun doppelt auf den Freitagabend, trotz des anstehenden Diamarathons.

Der Schultag verläuft so, wie es Francesco befürchtet hat. Bereits beim Betreten des Klassenraums registrieren die Kinder schnell, dass heute an Francesco etwas ungewöhnlich ist. Obwohl man seine körperliche und geistige Abgeschlagenheit nur sehr gering wahrnehmen kann, haben die Kinder in wenigen Minuten heraus bekommen, dass sie heute mit Francesco anders als sonst umgehen können. Für die Schwächen ihrer Lehrer haben die Kinder einen siebten Sinn. Anstatt Francesco entgegenzukommen und lieb und brav seinen Anweisungen Folge zu leisten, streiten sie sich im Unterricht, fangen an zu weinen und erzählen sich untereinander, was sie gestern im Fernsehen gesehen haben. Francesco hat alle Hände voll zu tun, seinen Unterricht dennoch passabel durchzuführen. Heilfroh ist er, als es zum Mittag läutet und die Schule für ihn an diesem Tag vorüber ist. Jetzt kann er nach Hause gehen und die Kraft auftanken, die er spätestens morgen benötigen wird. Aber zuerst geht er in seine Lieblingspizzeria um bei den Caleratis zu Mittag zu essen. Schließlich speist er heute nicht alleine, denn sein Kollege, der irische Sportlehrer Kevin Short, wird auch mit ihm Mittag machen. Der Ire hat ja noch einiges über Signore Mansardo und Signore Solodini zu erzählen, auf das Francesco sehr gespannt ist.

Bei den Mansardos klingelt es an der Haustür. Carlos, der spanische Diener, öffnet sie und nimmt vom Postboten ein Einschreiben für die alte Signora Mansardo entgegen. Diese verweilt in der Küche und macht sich gerade eine Kanne Kamillentee, als Carlos ihr den Brief gibt. Verwundert über eine solche Nachricht, setzt sie sich zusammen mit dem Tee an den Küchentisch. Kein Absender ist auf dem Couvert zu sehen. Sie öffnet den Brief mit einem alten, mit Edelsteinen verzierten Brieföffner, der auch als Dolch funktionieren könnte und sicherlich einen beträchtlichen Preis unter Antiquitätenhändlern erzielen würde. In dem Umschlag verliert sich lediglich ein einzelner Zettel, auf dem handschriftlich einige Zeilen notiert worden sind. Ausgiebig liest die ältere Dame den kurzen Brief. Am Ende der Botschaft schlägt sie mit der linken Faust wütend auf den Tisch, wobei der Tee in der Tasse ein wenig überschwappt. Mit der rechten Hand zerknüllt sie das beschriebene Papier. Wie kann dieser Tölpel von Grundschullehrer es wagen, ihr großzügiges Angebot auszuschlagen? Denkt er tatsächlich, er könne bei diesem Wahlkampf noch gewinnen? Und das gegen ihren geliebten Sohn, einen gebürtigen Mansardo? »Was hast Du Mama?« fragt Signore Mansardo seine Mutter, der in der Küchentür steht und seine Mutter wohl schon ein paar Minuten beobachtet hat. »Schlechte Nachrichten?« fragt er sie. »Nichts was wesentlich und unlösbar ist«, entgegnet sie ihm mit einem ernsten Blick. Signora Mansardo hat ihren Sohn über die Jahre hinweg streng erzogen. Nicht, dass sie keine Liebe für ihn empfand. Im Gegenteil. Alles was sie tat und alles was sie veranlasste, hat sie für ihr einziges, geliebtes

Kind getan. Das Wichtigste für sie war, dass er sich in seinem Leben beweist und sich vor nichts und niemandem zu verstecken braucht. »Das Leben ist eine harte Angelegenheit und die Evolution hat uns gelehrt, dass nur die Starken oben auf sind«, lautet ihre Devise. In diesem Sinne erzog sie Signore Mansardo zu dem, was er heute ist. Ein dominanter, durchsetzungsfähiger Mann, der öffentlich keine Schwächen zeigt. Nur in der Familie, darf man Schwächen zeigen, läutete sie ihm ein. Und nur in der Familie findet man Treue und Geborgenheit. Trotz ihrer eisernen Erziehung hat sie ihm seine Freiheiten gelassen. Seine Frau Gloria hat die Signora zwar gründlich unter die Lupe genommen. Sogar bei den Carabinieri hat sie Akten über Gloria angefordert, die eigentlich streng vertraulich sind. Aber lediglich einige Fahrvergehen und ein Ladendiebstahl in ihrer Jugendzeit waren bei Gloria eingetragen. Die Signora Mansardo hat damals ihren Sohn machen und Gloria heiraten lassen. Da Gloria schnell gelernt hat, im Sinne der Familie zu handeln und zu leben, hat die alte Dame Sympathien für ihre Schwiegertochter entwickelt und sie in den hohen Kreis der Mansardo-Familie aufgenommen und integriert. Wie ein Adler bewacht die Signora Mansardo jedoch jeden Schritt ihrer aller Kinder, auf dass diese die Ehre der Familie niemals in irgendeiner Weise gefährden können.

Signore Mansardo setzt sich zu seiner Mutter in der Küche auf einen freien Stuhl und gießt sich ebenfalls eine Tasse Tee ein, den er sich mit mehreren Löffeln Zucker versüßt. »Was sind das eigentlich für Unterlagen, an denen Du seit Tagen so vehement sitzt und drüber nachdenkst?« fragt sie ihn, während sie den zerknüllten Brief unbemerkt in ihrer Rocktasche verschwinden lässt. »Ach, das sind nur unbedeutende Dinge. Nichts von Belang«, antwortet er ihr, ohne sie dabei anzusehen. Die Signora hingegen ist mit dieser Antwort mehr als unzufrieden. Wieder schlägt sie mit der rechten Faust kraftvoll auf den Tisch, wobei ihr Sohn erschrocken zusammenzuckt und sich den heißen Tee ein wenig über seine Finger verschüttet. »Antonio!« sagt sie im ruhigen, aber sehr ernsten Ton. Signore Mansardo, der genau weiß, dass es keinen Sinn hat seiner Mutter etwas vorzumachen, beginnt zu erzählen. »Also das ist so. Die norditalienische Abfallliga sucht einen Platz, an dem sie ihren Müll zwischenlagern kann. Abfälle wie Öle, Lacke, Batterien und so etwas. Also nicht ganz ungefährliche Dinge.« Die Signora hört ihrem Jungen aufmerksam zu, während sie sich friedvoll in ihren Stuhl zurücklehnt und ihren Tee zu sich nimmt. Er fährt fort, wobei er immer mehr seine zurückhaltende Einstellung aufgibt und auf seine typische, temperamentvolle Art zu erzählen beginnt. »Die Abfälle werden dann zur Sonderentsorgung nach Deutschland gefahren. Wie Du ja weißt, entscheide ich letztendlich drüber, ob hier in unserer Region so ein Projekt realisiert wird oder nicht. Die Abfallliga würde mir ein hübsches Sümmchen zahlen, wenn ich denen das erlaube. Außerdem schafft es Arbeitsplätze für unsere Leute hier«. Signore Mansardo macht eine kurze Pause, trinkt einen Schluck und redet weiter. »Vor einiger Zeit habe ich die Sache dem Regionalrat vorgetragen. Ich dachte mir, wenn das dort abgesegnet ist, dann kann keiner mehr darüber meckern. Im Einvernehmen aller könnte ich dann grünes Licht für diesen Bau geben. Nur war es so, dass dieser verfluchte Signore Gespucci die anderen geschickt dazu überredet hat, gegen die Pläne zu stimmen.« »Wie hat er das denn geschafft?«

möchte die Signora wissen. »Ach, der hat angefangen von der Tradition dieses Platzes zu reden und dass es ein Frevel an unserer Kultur sei, wenn die daraus eine stinkende Müllhalde machen würden«, gibt Signore Mansardo zur Antwort auf die Frage seiner Mutter. »Dann habe ich erfahren, dass Signore Gespucci mehr als zwei Wochen nach Mailand gereist ist. Das war der ideale Zeitpunkt, um Neuwahlen vorzuschlagen, da er dagegen ja nicht Einspruch erheben konnte. Bei diesen Wahlen, die ja jetzt stattfinden, schaffe ich es vielleicht ihn mir vom Hals zu schaffen und so frei Bahn zu haben. Denn mit Signore Solodini werde ich ganz sicher keine Probleme bekommen.« »Das ist eine sehr schlaue Idee von Dir gewesen. Ich bin stolz auf Dich, mein Sohn. Nun fahre fort«, sagt die alte Signora anerkennungsvoll. »Wenn Gespucci nicht gewählt wird und somit kein Ratsmitglied mehr ist, dann werde ich die anderen schon dazu bringen, den Plänen zuzustimmen. Nichts desto trotz sitze ich seit Tagen an den Plänen und den Berichten der Ingenieure und Geologen, ob es nicht noch einen anderen geeigneten Platz für die Deponie gibt. Aber ich glaube fast, es sieht so aus, als hätten wir zu der Piazza della Pescatori keine Alternative.« Die Signora wartet einen Moment, bevor sie antwortet. »Sobald Gespucci abgewählt und Solodini an seiner Stelle Ratsmitglied ist, hast Du niemanden mehr im Rat, der sich gegen Dich stellt. Du könntest dann entscheiden, was mit dem Platz passiert und die Müllhalde errichten lassen. Und alles sieht dann so aus, als ob der gesamte Regionalrat es so entschieden hätte. Hab ich das so richtig verstanden?« fragt sie nach und ihr Sohn nickt bestätigend. »Ich nehme an, Antonio, Du hast Dir Gedanken darüber gemacht, was für Gefahren so eine

Müllzwischenlagerstelle - oder wie auch immer Du das nennen möchtest - mit sich bringt.« Er hält inne und überlegt, was sie eben gerade gesagt hat. Kann es sein, dass seine eigene Mutter ihn gerade kritisiert und sich auf die Seite von Francesco Gespucci gestellt hat? Er hebt seinen Kopf und blickt seine Mutter verständnislos an. »Was möchtest Du damit sagen? Bist Du nun etwa auch gegen mich und diese Deponie, die uns allen Reichtum und Wohlstand bietet? Und auch neue Jobs für unsere Region hier?« »Ich bin niemals gegen Dich. Das weißt Du«, sagt sie umgehend in ernstem Ton zu ihm. »Wenn Du das bauen willst, dann stehe ich voll und ganz hinter Dir, so wie es immer war und immer sein wird. Aber sei Dir gewiss, dass so ein Projekt in vielerlei Hinsicht auch Nachteile und Gefahren mit sich bringen kann. Wohlstand und Reichtum ist das eine. Macht, Ehre und Ruhm. Das ist es, worauf Du achten solltest. Und wenn Du etwas durchsetzt, dann mach es so geschickt, dass niemand den Eindruck bekommt, dass Du gegen das allgemeine Interesse handelst. Verstehst Du das, Antonio?« Nichts sagend denkt er eine Weile über die Worte seiner Mutter nach. »Ja, Mutter, ich habe verstanden«, sagt er anschließend mit einem wenig genervten, aber verständnisvollen Unterton zu ihr. Er trinkt seinen Tee aus und stellt die leere Tasse auf die Spüle, wo Carlos sie später dann wegräumen wird. Signore Mansardo gibt seiner Mutter einen Kuss und verschwindet in seinem Arbeitszimmer, wo er die Pläne und Unterlagen noch einmal durchgeht.

Die Tagliatelle und die Lasagne al forno duften vorzüglich. Der zerlaufene Käse, der an der oberen Seite leicht kross-braun gebacken ist, gibt einen feinen, würzigen Geruch von sich, der jeden Magen in seiner Umgebung zum Knurren bringt. »Einen guten Appetit«, wünscht Signore Calerati, der Francesco und Kevin in seinem Lokal bestens versorgt. Eigentlich dachte sich der Wirt, er könne gemeinsam mit den beiden an einem Tisch sitzen, Neuigkeiten erfahren und mit ihnen reden. Ihnen berichten, was die Tage in seiner Pizzeria alles geschehen ist und wie der Sommer, der ja nun wohl endgültig Abschied genommen hat, für ihn und sein Geschäft gelaufen ist. Daher setzt er die beiden Männer auch an einen Tisch für drei, nimmt ebenfalls dort unaufgefordert Platz und erzählt. Er erwähnt ebenfalls, dass er und seine Familie ja von nun an aus Solidarität zu Francesco gar nicht mehr im Generali einkaufen würden. Als dann jedoch die Signora Calerati und der Sohn vollbepackt mit jeweils zwei Einkaufstüten mit dem blau-weißen Logo des besagten Supermarktes durch das Lokal laufen, stottert Signore Calerati verlegen, er hätte etwas sehr Dringendes hinten in der Küche zu erledigen und verschwindet schnellen Schrittes aus dem Raum. Zu Kevins und Francescos Erleichterung sind sie nun endlich alleine und ungestört. »Also, Kevin, was hat Deine Frau herausgefunden?«, fragt Francesco, der genüsslich eine Nudel seiner Tagliatelle samt umgebender Käsesoße zu sich nimmt. Kevin, der sich an seiner heißen Lasagne beinahe die Zunge verbrannt hat, beginnt zu reden »Meine Frau Isabella arbeitet für Signore Solodini, wie du ja weißt. An dem besagten Montag, an dem Tag der Einschulung, war Isabella auf der Arbeit. Weit mehr als die Hälfte der Belegschaft war an diesem Tag aber nicht da, weil viele zuschauen wollten, wie ihr Sohn, Enkel, Bruder, Schwester - oder was auch immer - bei uns eingeschult worden ist. Das Supermarktpersonal war also sehr reduziert gewesen.« Francesco lauscht Kevins Worten, während dieser nun damit beginnt seine leicht abgekühlte Lasagne zu sich zu nehmen. »Signore Solodini kam an dem Tag zusammen mit Singnore Mansardo in den Supermarkt. Dies sei nichts Ungewöhnliches, da es ein offenes Geheimnis ist, dass Signore Mansardo ab und zu einige Lire bei Signore Solodini abholt.« »Das macht der doch überall in unserer Region so, unser *Papa Mansardo*«, bestätigt Francesco mit halbvollem Mund ein wenig theatralisch gestikulierend. »Die Besitzer der Läden hätten dann von nichts und niemandem etwas zu befürchten. Auch staatliche Genehmigungen müssen sie nicht mehr so genau beachten oder unerwünschte Besuche von Beamten und Kontrolleuren bekommen sie dann nicht. Alle zahlen. Ohne Ausnahme. Und wenn Du das Thema mal ansprichst, wird es schnell totgeschwiegen, da anscheinend jeder mit der Situation zufrieden ist.« »Kann ich dann weitermachen?«, fragt Kevin vorwurfsvoll, weil Francesco ihm ins Wort gefallen ist und ihn unterbrochen hat. »Ja, sicher. Tut mir leid«, stammelt Francesco, der Kevins übertriebene Reaktion nicht verstehen kann. Er wollte ihm ja nur erklären, wie die Mansardos zu ihrem Geld kommen und was für eine Rolle sie in der Region spielen. »Jedenfalls war meine Frau im Nachbarbüro. Und da es ein heißer Tag war, waren die Fenster geöffnet und sie konnte hören, was drüben gesprochen wurde.« Kevin, der es sichtlich genießt einen Spannungsbogen aufzubauen und nun den Höhepunkt seiner Geschichte erzählen möchte, nimmt zuerst einen Schluck Wasser. Er unterbricht für ein paar Sekunden seine Rede, um sich dadurch noch mehr in Szene zu setzen. Dann schiebt er ein Stück Lasagne in seinen Mund und fährt kauend mit seiner Erzählung fort. »Was jetzt kommt, ist nur schwer zu glauben, Francesco. Signore Solodini öffnet den Tresor in seinem Büro und reicht Mansardo einen Sack mit den Worten „Hier ist mein Quartalsbeitrag." Signore Mansardo nahm das Geld. Dann sagte er, dass besondere Zeiten besondere Handlungen fordern. Das Geld allein würde diesmal nicht genügen. Signore Solodini fragte, was das zu bedeuten habe. Signore Mansardo antwortete, dass er von Solodini verlange, sich für die kommende Wahl aufzustellen und Ratsmitglied zu werden. Solodini winkte lächelnd ab und meinte, das sei nichts für ihn. Mit Politik habe er nichts zu schaffen. Außerdem sei ihm seine Zeit viel zu wertvoll dafür. Mansardo versprach Solodini, dass dieser weder in der Zeit des Wahlkampfes noch in der Zeit als Ratsmitglied besonders viele Aufgaben erfüllen werde müsse. Seiner geliebten Gartenarbeit mit seiner schönen Frau könne er sich weiterhin getrost widmen. Dennoch gab Solodini Mansardo weiterhin einen Korb und lehnte es ab, sich als Wahlkandidat aufstellen zu lassen. Dann zahle er lieber noch eine weitere Extragebühr, als dabei mitmachen zu müssen, entgegnete Solodini. Daraufhin setzte Mansardo jedoch noch einen drauf. Mansardo meinte, dass ihn eine Billigsupermarktkette kontaktiert hätte, die von ihm die Erlaubnis ersuche, hier in der Region nicht nur ein, sondern gleich drei große Einkaufscentren errichten zu lassen. Kannst Du Dir vorstellen, was das für Solodini und den Generali bedeuten würde, Francesco?« »Oh mein Gott«, erwidert Francesco, der den Erst der Lage langsam begreift. »Solodini besitzt hier mit seinem Generali ja so etwas wie ein Monopol. Und wenn dann so eine große Konkurrenz aufkeimt, dann wird es für Solodini sehr schwer sein sich über Wasser zu halten«, erklärt Kevin seinem Kollegen, der seine volle Aufmerksamkeit auf Kevins Erzählung gerichtet hat. Während Francesco seine Tagliatelle zum Großteil verzehrt hat, ist Kevins Lasagne bis auf ein paar wenige Bisse bisher beinahe unangetastet. Mit erhobenem Zeigefinger setzt Kevin zum Schluss seiner Rede an: »Wenn aber Solodini gewählt wird, dann verspricht ihm Signore Mansardo, dass er der Billigsupermarktkette keine Erlaubnis gibt und der Generali weiterhin der einzige große Einkaufsmarkt in der Umgebung bleibt.« »Deswegen macht Solodini also bei der Wahl mit«, antwortet Francesco. »Ja, genau deswegen«, bestätigt ihm Kevin. »Und Mansardo weiß, dass Solodini ein gerechter, und beliebter Chef ist. Seine Angestellten und deren Familien wählen ihren Arbeitgeber auf jeden Fall, was ihm schon allein einige Stimmen einbringen wird. Das wird für Dich nicht einfach sein, den Signore Solodini zu besiegen, Francesco.« »Da hast Du recht. Das wird sicher nicht leicht werden, gegen so einen Gegner zu gewinnen«, bestätigt Francesco. Während Kevin sich nun über seine nunmehr lauwarme Lasagne hermacht, ist Francesco zwar schockiert, aber dennoch sehr zufrieden mit den Informationen, die er gerade gehört hat. »Kevin, entschuldige mich bitte, aber ich habe etwas sehr Wichtiges zu erledigen. Hier, das Essen geht auf meine Rechnung. Danke für das überaus interessante und hilfreiche Gespräch.« Francesco legt einige Geldscheine auf den Tisch und verabschiedet sich von seinem Kollegen. Kevin möchte ihn eigentlich noch fragen, was er nun zu tun gedenkt. Jedoch ist

Francesco so schnell aufgestanden und hat die Pizzeria verlassen, dass Kevin nur noch ein »mach´s gut« und »good luck« hinterherrufen kann.

Signora Solodini betrachtet aus dem großen Fenster ihres Wohnzimmers hinaus ihren Garten, in den sie so viel Mühe, aber auch Freude investiert hat. Zwar gefällt ihr, was sie dort sieht, aber eine Kleinigkeit hier und dort könnte doch noch von ihr oder ihrem Mann verbessert werden. Signore Solodini sitzt in einem Schaukelstuhl und liest eine Fachzeitschrift über Motorräder. Kleine Modelle von alten Maschinen, deren naturgetreue Varianten er in seiner aktiven Zeit als Rennfahrer gefahren hat, stehen auf Schränken, Regalen und in extra dafür montierten Glasvitrinen. Im Wohnzimmer befindet sich ein großer und teurer Flachbildfernseher, umgeben von einem rustikalen Eichenschrank. Ein Wimpel der vergangenen Saison von Inter Mailand hängt an der Wand, der von der ganzen Mannschaft unterschrieben wurde. Auch das Zimmer ist durch und durch mit Pflanzen bestückt. Viele davon haben die Solodinis ins Haus geholt, als es anfing vor allem nachts abzukühlen. Aber auch kleinere Zimmerpflanzen, die das ganze Jahr über auf der Fensterbank ihr Dasein verbringen, sind bei den Solodinis zu finden. »Wer kann das sein? Erwarten wir jemanden?« fragt Signore Solodini seine Frau, als die Türklingel durch ein Läuten bekannt gibt, dass sie betätigt worden ist. Signore Solodini erhebt sich und geht neben seine Haustür, wo der Monitor der Überwachungskamera das Geschehen vor der Eingangstüre aufzeigt. »Signore Gespucci, was für eine schöne Überraschung. Was kann ich für Sie tun?«

spricht er in das Mikrofon der Sprechanlage hinein. »Ich würde gerne mit Ihnen reden, wenn Sie gestatten.« Francesco sagt dies höflich, aber energisch. »Jetzt?«, fragt ihn Signore Solodini. »Ja, genau jetzt« antwortet Francesco zielgerecht. »Warten Sie bitte einen Moment. Ich komme gleich hoch und mache ihnen auf«, äußert sich Signore Solodini ein wenig irritiert. Er geht zur Garderobe und greift nach seinem Regenmantel, den er sich langsam, aber gewissenhaft anzieht. »Schatz, es ist Signore Gespucci. Sei so lieb und stelle uns ein Stück Kuchen hin und mach uns einen Kaffee, während ich unseren Gast einlasse.« Signora Solidini, die vor allem bei ihren Friseurterminen nur Gutes von Francesco gehört hat, geht in die Küche und bereitet alles Nötige vor. Dass die beiden Männer Kontrahenten im Wahlkampf sind, stört sie überhaupt nicht. Ihr Mann öffnet die Haustür und geht durch den Garten hinauf zum Eingangstor des Grundstückes. Immer noch nieselt es ein wenig und die Luftfeuchtigkeit ist extrem hoch. Francesco hat zwar einen Regenschirm dabei, dennoch ist er ordentlich nass geworden, sowohl vom Regen, als auch von seinem Schweiß, der bei diesem Wetter recht schnell die Haut verlässt. »Guten Tag, Signore Solodini. Danke, dass Sie mich so plötzlich und unangemeldet empfangen.« »Ja, sicher. Kommen Sie mit rein, Signore Gespucci. Wir können drinnen reden.« In dem Haus angekommen, hat die Signora bereits den Tisch gedeckt und Kaffee gekocht. Für Francesco hat sie ein Handtuch geholt, damit er sich abtrocknen kann. Auch hat sie den Stuhl, auf dem er Platz nehmen soll, mit einem großen Badehandtuch abgedeckt, damit dieser nicht von Francesco nass wird. Nachdem er sich bei der Signora bedankt und den Kuchen und Kaffee gekostet hat, wendet er sich Signore Solodini zu. »Darf ich frei reden?« fragt Francesco seinen Gegenüber und wechselt dabei die Sicht auf die Signora. »Sicher, ich habe keine Geheimnisse vor meiner Frau«, antwortet Signore Solodini. »Halt«, ruft diese plötzlich dazwischen, noch bevor Francesco weiterreden kann. »Wenn hier Geheimnisse ausgeplaudert werden, die mich nichts angehen, so möchte ich sie auch nicht hören. Die Gefahr wäre außerdem viel zu groß, dass ich sie bei Angelo, meinem Friseur, erzählen würde. Und dann wüssten es wahrscheinlich mehr Menschen, als wenn es in der Gazette della Regionale stehen würde.« Ihrem Mann einen Kuss auf den Mund gebend verlässt die Signora mit ihrem Kaffee und Kuchenstück das Wohnzimmer in Richtung Bad. »Eine tolle Frau«, sagt Signore Solodini, während er seiner Gemahlin hinterher blickt. »Sie weiß ganz genau, wann sie gehen soll.« »Aber Ihr sagtet doch, sie könne bleiben?« fragt Francesco, der diesen interessanten Sachverhalt noch schnell klären möchte, bevor er mit seinem eigentlichen Anliegen aufwartet. »Das, Signore Gespucci, ist der Trick bei den Frauen. Man muss ihnen nur sagen, sie können bleiben. Dann wollen sie meist von selbst nicht mehr und verlieren das Interesse. Schließlich hat man das erreicht, was man eigentlich möchte, wenn Sie verstehen was ich meine.« Signore Solodini kneift sein linkes Auge zusammen, während er Francesco in die komplizierte Psychologie von Mann und Frau einweist. »Nun, was wollen Sie mit mir so dringend besprechen?« fragt Solodini und nimmt einen Schluck Kaffee. »Ich weiß, weshalb Sie sich für die Wahl aufgestellt haben, Signore Solodini«, sagt Francesco und schaut mit ernster Miene zu seinem Gastgeber hinüber. »Und ich weiß auch, dass Ihnen Politik eigentlich zuwider ist und dass Sie das hier am liebsten gar nicht weiter machen wollen.« »Und?« fragt Signore Solodini knapp. »Ich weiß, dass Signore Mansardo Sie mit der Billigsupermarktkette erpresst. Ich bin hier, um mit Ihnen gemeinsam eine Lösung für unser Problem zu suchen.« »Wieso ist es unser Problem?« fragt Signore Solodini neugierig nach. »Weil ich sehr gerne gewählt werden würde. Allein schon um im Regionalrat Signore Mansardo gehörig zu ärgern. Und weil ich der Einzige bin, der Signore Mansardo Widerwort gibt und nicht alles hinnimmt, was uns der so genannte *Papa Mansardo* auferlegt. Mich kann dieser Schuft nicht so leicht erpressen. Gegen mich hat er kein Druckmittel, verstehen Sie?« Signore Solodini stellt seine Kaffeetasse auf dem Glastisch ab und runzelt seine Stirn. Nach kurzer Zeit antwortet er nicht gerade das, was Francesco sich gewünscht hätte. » Sehen Sie, Signore Gespucci. Im Grunde habe ich nichts gegen die Machtausübung des Signore Mansardo. Er regiert schließlich nicht nur für sich, sondern auch für das Wohl der Menschen, die an diesem See wohnen. Und das macht er gar nicht so schlecht. Auch wenn das alles andere als eine freie Demokratie ist. Mich stört das nicht. Allerdings, ich habe, und Gott ist mein Zeuge, nicht die geringste Absicht diese Wahl zu gewinnen und Mitglied des Regionalrates zu werden. Wenn Sie mir eine Lösung nennen können, die mir gestattet aus dem ganzen Wahlcircus auszusteigen und trotzdem keine Billigsupermarktketten bei uns befürchten muss, dann raus mit der Sprache, Signore Gespucci.« Francesco nimmt einen weiteres Stück Kuchen und fährt fort: »Soviel ich weiß, gibt es morgen Abend eine Sonderausgabe der Gazette delle Regionale. Und es findet der Tanzabend statt, an dem wir alle anwesend sein werden.

Wenn wir beide dort verbreiten, dass Mansardo Sie dazu genötigt hat, bei der Wahl anzutreten, dann können Sie bedenkenlos zurücktreten und Signore Mansardo ist dann der Buhmann. Er wird einen enormen Imageschaden erleiden. Sie hingegen sind als Opfer fein raus. Ich habe keinen Gegner mehr und werde gewählt. Ende gut alles gut.« Francesco wird sehr skeptisch von Signore Solodini betrachtet, bevor dieser sich zu Francescos Plan äußert. »Ich denke, das lassen wir sein, mein lieber Signore Gespucci.« »Warum?« fragt Francesco verständnislos und mit weit aufgerissenen Augen. Nach einem kurzen Augenblick sagt Signore Solodini sehr sachlich zu ihm: »Zum ersten würde Signore Mansardo sich rächen. Und zwar an mir. Umgehend würde er seine Macht ausüben, die trotz so einer Schmach immer noch mehr zählen wird als alles andere. Er würde wahrscheinlich noch am gleichen Abend den Bau der Billigsupermarktkette bewilligen und mir und meinem Generali somit über kurz oder lang das Genick brechen.« Signore Solodini blickt hinter sich und vergewissert sich, dass seine Frau nicht zufällig in das Wohnzimmer hereinkommt. Dann zieht er eine Schublade auf, in der sich unter mehreren Tischtüchern ein Flachmann mit einer klaren Flüssigkeit befindet. »Wollen Sie auch einen Schluck Grappa?« »Nein, so etwas Starkes vertrage ich nicht. Besonders nicht bei einem solchen Wetter«, lehnt Francesco dankend ab. Signore Solodini nimmt einen kräftigen Schluck aus der Flasche, legt sie anschließend wieder unter die Tischtücher in die Schublade zurück und schließt diese gewissenhaft. »Ah, das tat gut«, sagt er. »Doch nun zurück zu Ihrem Vorschlag. Zum zweiten möchte ich nicht, dass jemand erfährt, dass ich erpresst worden bin. Das würde sich sicher nicht positiv auf die Moral meiner Arbeiter auswirken, geschweige denn, was meine gute Frau dazu sagen würde. Ich bedaure Ihnen mitteilen zu müssen, dass ich Ihren Vorschlag ablehnen muss, Signore Gespucci.« »Ich verstehe«, sagt Francesco enttäuscht zu Signore Solodini. »Nun, dann muss ich mich wohl sehr anstrengen, um dennoch vor ihnen gewählt zu werden.« »Tun Sie das«, entgegnet ihm Signore Solodini. »Aber Sie müssen gut sein, wenn Sie Signore Mansardos, beziehungsweise meinen Wahlsieg noch aufhalten wollen. Auch wenn sich das nun etwas merkwürdig anhört: Ich wünsche Ihnen von ganzem Herzen, dass sie am Ende die meisten Stimmen haben werden.« Ein wenig amüsiert bedankt sich Francesco für diesen Wunsch seines Kontrahenten. »Ich begleite Sie zur Tür, wenn wir nun fertig sind.« »Danke, das ist nicht nötig. Ich weiß, wo es hinaus geht. Danke auch für den Kaffee und den hervorragenden Kuchen. Machen Sie es gut und grüßen Sie Ihre Frau.« Francesco verlässt das Anwesen der Solodinis. Er ist enttäuscht und verärgert, dass Signore Solodini nicht den Mut dazu aufbringt, an seinem tollen Plan teilnehmen zu wollen. Andererseits muss sich Francesco eingestehen, dass Signore Solodini viel zu verlieren hat. Viel mehr als er selbst vermutlich jemals verlieren könnte. Francesco muss zugeben, dass sein Plan wohl doch nicht so gut durchdacht war und dass er zumindest für Signore Solodini enorme Risiken beinhaltet.

Auch am Mittwoch zeigt sich das Wetter nicht von seiner besten Seite. Immer wieder regnet es kleine Schauer, die zwar nicht viel Wasser mit sich bringen und nur von kurzer Dauer sind, aber über den Tag verteilt immer wieder auftreten. In der letzten Nacht ist zwar erfreulicher Weise die drückende Schwüle des Vortages verschwunden, jedoch sind die Temperaturen weiterhin gesunken. Die Luft hat sich sehr abgekühlt. Innerhalb von nur zwei Tagen ist das Thermometer um mehr als zehn Grad Celsius nach unten gewandert. Während immer noch ein paar überwiegend aus Deutschland stammende Touristen zu sehen sind, die trotz des Temperatursturzes und des schlechten Wetters flatternde, ausgewaschene T-Shirts, kurze Hosen und Sandalen mit Kniestrümpfen tragen, kleiden sich die Einheimischen anders. In Kleidung, die manche Nordeuropäer wahrscheinlich nur dann trügen, wenn sie eine Polarexpedition durchführen würden, gehen die Italiener auf die Straße. Mit dicken Mänteln, Regenhosen und Woll- oder Fellmützen sowie festem, wasserdichtem Schuhwerk. Damit ihre Kinder nicht frieren, haben manche Mütter sie buchstäblich in wetterfeste Garderobe eingepackt. Mit Wollpullover, Handschuhen, Schal und Mütze und dazu einem Regenschirm oder Regencape ausgerüstet treten die Kleinen den Weg zur Schule an. Vielen jedoch ist nach nur wenigen Metern verständlicherweise viel zu warm in ihrer Winterausrüstung. Sobald sie aus der Sicht des Elternhauses sind, ziehen die Kinder hastig einige Sachen aus und stopfen die Kleider in ihre Rucksäcke.

Am Nachmittag ist das Wetter etwas besser geworden. Die Abstände, in denen die Schauer auftreten, sind deutlich länger als am Vormittag. Für italienische Verhältnisse ist es aber immer noch eine grässlich kalt-nasse Wetterlage. Francesco sitzt im Schulgebäude und kontrolliert die Hausaufgabenhefte seiner Schüler. Von seinem

Fenster aus hat er einen guten Blick über den angrenzenden Fußballplatz der Schule. Er sieht, wie Kevin mit einem Sack voller Fußbälle und seine Fußballkinder im Schlepptau den Platz trotz des nassen Bodens betreten. Obwohl sonst oft Zuschauer am Rand des Sportplatzes zu finden sind, ist diesmal niemand außer Kevin und seinen Schülern zu sehen. Auch die Kinder sehen nicht wirklich begeistert aus, dass sie bei dieser Witterung im Freien trainieren müssen. Der Fußballplatz ist vom Regen ganz aufgeweicht und hat sich in eine braune Schlammlandschaft verwandelt.

Kevin, der im Trainingsanzug am Rand des Fußballplatzes steht, lässt seine Schützlinge wie gewohnt antreten, indem er ordentlich in seine Trillerpfeife bläst. Alle Kinder, inklusive Stephano Mansardo, stellen sich in Reih und Glied auf, so wie sie es gelernt haben. Der Ire meint, solches Wetter hätten sie in Irland ständig. Und ein guter Fußballer müsse auch bei schlechtem Wetter gut spielen können. Sogenannte Schön-Wetter-Spieler seien Weicheier, die nichts auf einem Fußballplatz zu suchen haben, meint Kevin zu seinen Schulkindern. Die meisten der Kinder zittern, weil ihnen kalt ist in ihren kurzen Sportsachen. Auch Stephano friert. Ganz neue Sportkleidung hat er an, Fußballschuhe und Schienbeinschützer. Ein aktuelles Trikot seines Lieblingsvereins Inter Mailand trägt er stolz auf seiner kindlichen Brust. »Hier, zieh dir das über«, sagt der Trainer zu Stephano und hält ihm ein langärmeliges Trikot entgegen, während die anderen Kinder neidisch auf Stephano schauen, da dieser schon wieder eine Sonderbehandlung erfährt. »Nein, ich brauche das nicht«, antwortet Stephano zu Kevins Überraschung. Verwundert lässt Kevin von ihm ab und befiehlt den Kindern im dreckigen Schlamm zuerst ein paar Liegestützen zu machen, damit ihnen warm wird. Wieder möchte Kevin es Stephano einfacher machen und reicht ihm eine alte Decke zu, die er auf den Boden unter sich legen soll, damit sein neues, schönes Trikot nicht schmutzig wird. Und wieder lehnt Stephano ab und macht wie die anderen Kinder die angeordneten Liegestützen im matschigen Boden. Francesco hat diese Szene interessiert von seinem Zimmer aus beobachtet. Von nun ab gehört seine Aufmerksamkeit nicht mehr alleine den Schulheften. »So, nun lauft so schnell ihr könnt zwei Runden zum Aufwärmen um den Platz«, befiehlt der Trainer und seine Mannschaft gehorcht. Außer Puste, aber nicht mehr frierend stehen sie wieder vor ihm. Besonders der dicke Pedro hat einen hochroten Kopf und schnauft nach Luft. Kevin wartet, bis alle seine Schüler in einer Reihe nebeneinander stehen. Dann läuft er langsam vor ihnen auf und ab und erzählt den jungen Fußballern seine Neuigkeiten. »Ich habe eine Überraschung für euch. Am Freitag findet hier ein Freundschaftsspiel gegen eine andere Jugendmannschaft statt. Die sind Jugendmeister vom westlichen Ufer des Lago Maggiore. Sie kommen von der anderen Seite des Sees, setzen mit der Fähre hierher rüber und kicken gegen uns. Jeder von euch wird spielen dürfen. Ich erwarte volle Einsatzbereitschaft und Kampfgeist bis zum letzten. Habt ihr mich verstanden?« »Ja, Signore Short«, hallt es einheitlich aus den Kinderkehlen. Während Kevin an seinen Schülern entlang schreitet und mit Genugtuung die positive Reaktion seiner Schüler entgegen nimmt, fährt er fort: »Jetzt beginnen wir mit dem Training von heute. Einer baut einen Hindernissparcours auf, den die anderen dann umdribbeln müssen.

Solange aufgebaut wird, können die andern mit den Bällen schon mal üben.« Kevin holt für jedes Kind einen Fußball aus seinem mitgebrachten Sack. »Wer geht freiwillig die Hindernisse aufbauen?« fragt er in die Runde. Er weiß, dass jedes Kind gerne mit dem Ball üben würde und dass der Job des Parcours-Erbauers nicht sehr beliebt ist. Kevin sieht ein Mädchen aus dem Team an und möchte es gerade dazu bestimmen, als Stephano sich meldet und unaufgefordert die Arbeit übernimmt. Stephano rennt los, holt die Plastikhütchen und errichtet in Windeseile einen Hindernisparcour. Ähnlich wie die eben erzählten Situationen verläuft das gesamte folgende Training. Sobald eine Sonderarbeit zu erledigen ist, die eigentlich von keinem gerne gemacht wird, meldet sich Stephano dazu und erledigt alles nach bestem Wissen und Gewissen. Sowohl Kevin als auch Francesco, der seit einigen Minuten gar nicht mehr in die Hefte schaut, sondern nur noch das Training beobachtet, sind erstaunt über das Verhalten von Stephano. Auch bei manchen Kindern kann man erkennen, dass Stephanos Engagement gut bei ihnen ankommt. Bei einem Dribbelversuch stößt Stephano versehentlich Pedro an, der sich prompt umdreht und Stephano heftig zurückschubst. Pedros und Stephanos Verhältnis zueinander ist mehr als kritisch, sind sie sich doch unlängst vor ihrem Klassenraum miteinander in die Haare geraten. »Willst dich wohl bei uns ein schleimen, Du reicher Pinkel. Aber ich lass mich nicht von Dir einwickeln, Du Zwerg«, brüllt Pedro Stephano an. Wütend geht Stephano auf Pedro los, obwohl dieser einen Kopf größer und wesentlich breiter als der kleine Mansardosprössling ist. Durch einen geschickten Trick gelingt es Stephano jedoch, Pedro zu Boden in den

Matsch zu befördern. Pedro berappelt sich jedoch blitzschnell, steht wieder auf und wirft sich auf Stephano, der unter der Last seines Kontrahenten mit diesem zusammen umfällt. Im Dreck raufen sie sich, wobei der Kampf diesmal relativ ausgeglichen ist, anders als es in dem Flur der Grundschule der Fall war. Die übrigen Kinder reihen sich um die beiden Kontrahenten und man hört nicht nur Anfeuerungsrufe für Pedro, sondern auch für Stephano. Pedro ist sichtlich irritiert darüber, dass seine Mitschüler nicht geschlossen hinter ihm stehen, sondern auch Stephano Anhänger hat. Durch diese Ablenkung gelingt es Stephano, ein ebenbürtiger Gegner zu sein.

Kevin hingegen steht dabei und freut sich darüber, dass seine Spieler so viel Feuer in sich haben. Nach einer kurzen Weile nimmt er dennoch seine Pfeife in die Hand und bläst hinein. Er geht dazwischen und trennt die beiden Kämpfenden, die mittlerweile von Kopf bis Fuß mit nasser Erde bedeckt sind.

»Das Training ist vorbei, ihr könnt euch waschen und dann nach Hause gehen«, sagt Kevin zu seinen Schützlingen. »Ihr zwei bleibt noch hier«, fügt er hinzu und meint damit Stephano und Pedro, die sich Kevin wieder zudrehen und auf dem Platz bleiben. »Da ihr anscheinend jede Menge Energie habt, könnt ihr noch ein paar Runden zum Abschluss laufen.« Die beiden Jungen wollen schon zu rennen beginnen, als Kevin sie noch zurückhält. Er dreht sich um, geht an den Rand des Sportplatzes und hebt zwei große Steine auf, die jeweils gut ihre fünf Kilogramm wiegen. Er drückt jedem der Jungen einen Stein in die Hand und sagt zu ihnen: »So, nun ist es gut. Drei Runden will ich sehen und wer mir schlapp macht oder den Stein fallen lässt, der spielt am Freitag nicht mit. Los!« Die Jungen beginnen zu laufen. Bereits nach der ersten Runde ist klar zu erkennen, wie schwer beide zu tragen haben. Die zusätzliche Last bedrückt sowohl Pedro, der wegen seiner leicht korpulenten Figur ohnehin schon mehr Gewicht zu bewegen hat, als auch Francesco, der viel Kraft aufbringen muss um den Stein festzuhalten. Während der zweiten Runde fällt Pedro immer mehr zurück. Schnaufend und schwitzend wird er langsamer, scheint nicht mehr mithalten zu können. Stephano dreht seinen Kopf um und registriert, dass Pedro das Tempo nicht mehr halten kann. Anstatt jedoch davon zu laufen, verlangsamt er ebenfalls und befindet sich nun auf gleicher Höhe mit seinem Klassenkameraden. »Los, gib mir Deinen Stein«, sagt er zu Pedro, der überrascht, aber dankbar Stephano ansieht und ihm nickend seinen Stein überreicht. Während Stephano nun links und rechts die doppelte Last zu tragen hat, kann sich Pedro ein wenig erholen. Die beiden beginnen die dritte und letzte Runde um den Sportplatz. Pedro, der nun wieder genügend Puste hat, zieht an Stephano vorbei und lässt ihn hinter sich. Es ist mehr als deutlich zu erkennen, dass Stephano seine Arme schmerzvoll zusammenkrampft, damit ihm ja kein Stein zu Boden fällt. Nur noch eine halbe Runde müssen sie bestehen. Diesmal ist es Pedro, der nach hinten schaut und seinen Mannschaftskameraden sieht, wie dieser schon langsam ins Straucheln gerät. Pedro und Stephano betrachten sich gegenseitig. Pedro weiß, dass Stephano, dieser verwöhnte, reiche Sohn, es nicht schaffen wird mit beiden Steinen durchs Ziel zu laufen. Jetzt hätte er die Gelegenheit diesen Konkurrenten ein für allemal auszuschalten. Pedro beißt die Zähne zusammen. Er dreht sich um und läuft zurück zu Stephano. »Los, gib schon her, Du

Schwächling«, sagt er zu ihm und nimmt beide Steine an sich. Diesmal ist es Stephano, der Pedro mit einem dankbaren Blick die Steine an seinen Kameraden übergibt und somit die letzten Meter bewältigen kann. Mühsam schleppen sich die zwei Jungs an Kevin vorbei und beenden somit die geforderte Aufgabe des Trainers. Kevin ist mächtig stolz auf diese beiden Jungen. »Gut gemacht. Geht euch jetzt umziehen und seit fit für Freitag. Ihr werdet von Beginn an spielen«, sagt er mit ruhiger und anerkennender Stimme zu seinen beiden jungen Spielern. Während die Jungen das Trainingsgelände verlassen und abgeholt werden, räumt Kevin still und nachdenklich die Bälle ein und verlässt eine Zeit lang später ebenfalls den Fußballplatz. Francesco hat alles von seinem Zimmer im Schulgebäude aus beobachtet. Er geht wieder an seine Hefte, die er immer noch zu korrigieren hat. Er denkt sich, wenn ein kleiner Mansardo zu so was wie eben in der Lage ist, dann könnte das ein großer Mansardo doch vielleicht ebenfalls. Schließlich muss auch er zugeben, dass Signore Mansardo neben seinen privaten Vorteilen auch stets das Wohl der Einwohner der Region im Sinn hat. Viele seiner monarchischen Entscheidungen haben positives für die Leute hier bewirkt. Vielleicht hat Signore Mansardo ja doch irgendwo, ganz tief in sich drinnen, ein gutes Herz, denkt sich der Grundschullehrer.

Francesco fährt mit seinem kleinen, grünen Lancia zu Maria und holt sie wie besprochen bei ihr zu Hause ab. Mit seinem Kleinwagen hat er kein Problem einen Parkplatz in unmittelbarer Nähe zu finden. Zusätzlich ist er als großstadterfahrener Autofahrer bestens darin geübt, in enge Parklücken einzuparken. Und wer in italienischen Metropolen schon mal Auto gefahren ist, der weiß, dass Verkehrsregeln dort eher nur theoretisch existieren und in der Praxis - im Straßenverkehr - nur selten beachtet und eingehalten werden. Wer daher mit seinem Auto im Stadtverkehr regelmäßig von einem zum anderen Ort heil und unbeschadet ankommt, der kennt sich damit verdammt gut aus, wie ein Fahrzeug zu führen ist.

Francesco steigt aus seinem Wagen aus und rückt seinen Nadelstreifenanzug, den er zuvor noch hat bügeln lassen, etwas zurecht. Er trägt ein weißes Hemd, bei dem die oberen Knöpfe offen sind und seine leicht behaarte Brust zeigen. Dazu dunkelbraune, lederne Tanzschuhe, die für einen Mann einen recht hohen Absatz haben. So kann er beim Tanz mit seinen Augen Maria wenigstens bis auf den Hals schauen und muss nicht auf ihr Dekolleté starren. Das wäre ihr sicher unangenehm und würde in der Öffentlichkeit kein gutes Bild von ihm abgeben, was er sich besonders jetzt, kurz vor der Wahl, nicht leisten kann. Um neunzehn Uhr waren sie verabredet und um 19:15 Uhr drückt er auf den Knopf ihrer Klingel. Im oberen Stockwerk öffnet sich ein Fenster. Sie schaut heraus und hat noch ein Handtuch um ihren Kopf gewickelt. »Oh, Francesco. Ist es schon so spät? Ich komme gleich. Ich beeil mich«, ruft sie ihm zu. Mit Pünktlichkeit ist das in Italien so eine Sache. Besonders mit den deutschen Touristen, die oft pünktlich oder sogar zu früh bei Terminen erscheinen, gibt es hier und da Probleme. Ein Schwabe, der mal sein Auto in der hiesigen Werkstatt reparieren ließ, hat mit einem Anwalt gedroht, weil sein Wagen zwei Stunden später als verabredet fertig war und er dann warten musste. Der Deutsche wollte einen Rabatt von zehn Prozent auf die Rechnung haben oder er ginge vor Gericht. Der Werkstattmechaniker hat ihn beruhigt, ihm einige Cappuccino spendiert und eine Zeitschrift mit vielen Bildern von Rennautos gegeben, da der Deutsche des Italienischen nur wenig mächtig war. Der Italiener ging in sein Büro und teilte die Forderung seinen Kollegen mit. Nach einer kurzen Besprechung kam er wieder zurück und willigte ein, dem Schwaben zehn Prozent vom Rechnungsbetrag abzuziehen. Zufrieden und selbstgerecht nahm der Deutsche das Angebot an und wartete brav auf die Fertigstellung seines Mercedes, während er sich die Modelle von Ferrari, Lamborghini & Co ansah und dazu seinen Cappuccino genoss. In der Zeit, in der er wartete, waren der einheimische Mechaniker und ein Büroangestellter nicht untätig. Während der eine das Auto fertig machte, schrieb der andere noch weitere Positionen eifrig auf die Rechnung. Diese wurden zwar gar nicht an dem Wagen durchgeführt, aber somit ist der Preis nach oben korrigiert worden. Von dieser neuen Rechnung zog der Mechaniker dann die geforderten Prozente ab. Im Endeffekt hatte der Deutsche genau die Summe zu zahlen, die der Italiener ursprünglich kalkulierte.

Als Maria zu Francesco nach draußen kommt, ist es bereits viertel vor Acht. Für einen Moment vergisst Francesco den Wahlkampf und alles um sich herum. Ist das wirklich seine schusselige Kollegin, mit dem langen Hals und schlaksigen Körper? Maria sieht umwerfend aus. Sie hat extra flache Schuhe angezogen, damit sie Francesco nicht so sehr überragt. Ein schwarzes Kleid liegt an ihrem Körper an, das oben mit einer Schleife um den Hals getragen wird. Der Rücken ist bis unter die Schulter frei. Der Ausschnitt reicht gerade so bis zu ihrem BH, den man aber nicht sieht, sondern nur erahnen kann. Sie hat Ohrringe, die mit roten Edelsteinen verziert sind, angezogen und trägt ihr Haar offen herab. Um ihren Hals herum funkelt eine silberne Kette, an der unten ein kleines Kreuz als Anhänger befestigt ist. Als sie sich um ihre eigene Achse dreht und Francesco um seine Meinung bittet, flattern ihr Kleid und ihre Haare von der Drehung mit ihr mit. Francesco ist sprachlos. Er nimmt ihre Handtasche und ihren Pullover, den sie sich mitgenommen hat, falls es später zu kalt werden sollte, aus ihrer Hand und legt alles in den Kofferraum seines kleinen grünen Lancias. Dann geht er zur Beifahrertür und öffnet sie für Maria, wobei er nicht darauf achtet, dass er mitten in eine große Pfütze hineintritt. Während sie ein wenig über sein Missgeschick lächelt, versucht er den Schmutz von seinem dreckigen Schuh abzustreifen, was ihm aber nicht vollends gelingt. Jedoch stört ihn dieser Sachverhalt nicht im Geringsten, da die Freude auf den bevorstehenden Abend mit Maria alles andere überwiegt. Gemeinsam fahren sie hinunter in das Städtchen direkt am See, wo das Tanzfest stattfindet. Sie stellen das Auto auf dem kostenpflichtigen Parkplatz ab und laufen über die Seepromenade zu dem großen Zelt, das extra für diese Veranstaltung errichtet worden ist. Maria hat ihren Pullover über ihre Schultern gehängt und schlendert mit Francesco am Ufer des Lago Maggiore entlang. Der Regen hat die Luft klar gemacht. Man kann ohne weiteres bis hinüber ans andere Ufer und die dortigen Lichter sehen, die sich im Wasser widerspiegeln. »Ach, ist das nicht herrlich hier bei uns?« stellt Maria fragend fest, während sie auf das Wasser blickt. »Was haben wir doch ein Glück an einem solchen Ort leben zu dürfen, nicht wahr Francesco?« Francesco, dem es irgendwie nicht ganz geheuer ist Maria direkt anzusehen, bestätigt ihre Aussage mit einem kurzen »ja sicher, hier ist es wunderschön.« Wie wundervoll es ihm hier gefällt. Alles ist perfekt. »Los, jetzt mach schon«, denkt er sich und schaut kurz auf zu Maria. So lange kennt er sie schon. Und doch beginnt er sie nun auf eine völlig neue Art und Weise zu betrachten. Er atmet tief ein und gibt sich innerlich einen Ruck. Während er immer noch den Boden vor sich anstarrt, sagt er ein wenig verlegen: »Alles was hier um mich herum ist, ist wunderschön, Maria.« Sie dreht ihren Kopf zu ihm und blickt ihn kurz an. Noch bevor er sie hätte ansehen können, wendet sie sich blitzschnell wieder dem See zu. Während sie sich unsicher ist und nicht weiß, wie sie reagieren soll, spürt sie seine linke Hand, die ihre rechte umgreifen möchte. In der Hoffnung sein Gesicht und seine Augen betrachten zu können, dreht sie sich erneut langsam und vorsichtig zu ihm rüber, jedoch geht er immer noch stur geradeaus und meidet den direkten Blickkontakt. Maria sieht wieder auf den See, zieht ihre Hand aber nicht zurück. Seine Hand sucht weiter die ihrige, bis sie schließlich beide zusammen Hand in Hand an der Promenade entlang gehen. »Könnte dieser Weg doch noch ewig weiter so verlaufen,« hofft sie noch, während sie allerdings schon den Festplatz sehen kann. »Dort ist das Festzelt,« rufen beide gleichzeitig aus, als sie es erblicken. Sich lächeln sich zu und sehen sich an. Mit beiden Händen hält Francesco nun ihre Finger fest und sagt in ihre funkelnden Augen: »Ich freue mich auf diesen wundervollen Abend zusammen mit Dir, Maria.«

Vor dem Zelt steht ein Zeitungsjunge, der die Gazette della

Regionale kostenlos verteilt. »Wieso gibt es die denn heute umsonst?« fragt Francesco den Zeitungsjungen, wobei er schon eine Vorahnung hat. »Dies ist eine private Sonderausgabe und bereits im Voraus bezahlt, mon Signore,« entgegnet ihm dieser, der fleißig die gedruckten Blätter unter das Volk verteilt. »Von Signore Mansardo hab ich recht?« »Ja, mon Signore«. Francesco lässt Maria los und nimmt sich ein Exemplar. Ein wenig traurig, dass der Moment von eben, an der Uferpromenade, so plötzlich vorüber ist, hört sich Maria seinen Unmut an. »Da hast Du´s mal wieder. Kauft sich der Lump die Presse und zelebriert die Wahlveranstaltung vom Sonntag. Ist das zu fassen? Und hier. Zusätzlich Werbung vom Generali. Und dort. Beschäftigte des Generalis schreiben, was ihr Chef Solodini doch für ein guter Mensch ist. Und da, das Foto ist wohl der Gipfel der Maßlosigkeit.« Francesco zeigt Maria aufgebracht ein Bild von Signore Mansardo, wie er gerade in einer herrschaftlichen Pose auf dem Rednerpult zu sehen ist. »Wie ein Gebieter. Als ob er Cäsar persönlich wäre, dieser Aufschneider«. Maria, die das ganze Wahlgeschehen nur mäßig interessiert, drängt Francesco dazu mit ihr doch endlich in das Zelt zu gehen, wo eine Musikband nationale und internationale Hits vorträgt. »Francesco, komm, die spielen gerade einen Twist,« ruft sie ihm begeistert zu und zerrt ihn durch die Menge auf die Tanzfläche, wobei er seine Zeitung auf dem Weg dorthin verliert. Viele bekannte Gesichter aus seinem Dorf sieht Francesco, während er mit Maria zur kleinen Bühne eilt, auf der getanzt wird. Unter anderem sitzen direkt im Parkett Signore und Signora Solodini, die jeweils ein Glas Wein vor sich stehen haben und mit der Musik im Rhythmus mit schunkeln. Während Maria eine tadellose Figur auf der Tanzfläche abgibt, versucht Francesco mit ihr mitzuhalten. Dies ist jedoch fast unmöglich, da Maria ein Taktgefühl und Tanzgeschick hat, wie keine zweite auf dem Tanzboden. Während er sich wendet und biegt, tritt er aus Versehen gegen ein fremdes Bein, das sich hinter ihm befindet. Francesco dreht sich um und möchte sich entschuldigen, da erblickt er Signore Mansardo, dessen Bein er gerade eben getroffen hat. Dieser tanzt mit seiner Frau Gloria, die überraschenderweise ein ähnliches Kleid wie Maria trägt. »Bisher war der Abend wirklich gelungen, aber ich dachte mir schon, dass mir heute noch etwas oder jemand meine gute Laune verderben wird« entgegnet Signore Mansardo Francesco zynisch und mit finsterem Blick. »Ganz meinerseits, Herr Regionalratsvorsitzender« erwidert Francesco seinem Kontrahenten mit einem ebenbürtigen, griesgrämigen Gesichtsausdruck. »Haben Sie eigentlich die Sonderausgabe der Zeitung vorne beim Eingang schon gelesen?« fragt Signore Mansardo spitzfindig und weiß dabei ganz genau, dass er Francesco hierdurch gehörig ärgern kann. »Ja, habe ich. Aber Sie wissen ja wie das ist mit kostenlosen Zeitungen. Es steht immer nur Schund und Werbung drin,« kontert Francesco geschickt und erkennt, dass Signore Mansardo dies alles andere als fröhlich aufnimmt. Sich gegenseitig beobachtend, versuchen die beiden Männer eine immer bessere Tanzfigur abzugeben als der jeweils andere. Sie drehen ihre Partnerinnen und probieren Figuren, die zwar nicht zu einem Twist passen, jedoch eine gewisse Akrobatik erfordern. Während Francesco Maria von einer Drehung in die nächste hineinführt, hebt Signore Mansardo des Öfteren mit ausgestreckten Armen seine Frau weit in die Höhe. Pünktlich mit dem Schlusston des Liedes versuchen die beiden Tänzer in so etwas wie einen Spagat zu springen, was aber weder dem einen noch dem anderen kunstvoll und schmerzfrei gelingt. Sich die Innenseiten ihrer Oberschenkel reibend stehen die zwei Männer auf, beklatschen die Band und wenden sich wieder ihren Frauen zu, die beide sowohl ein wenig überrascht und amüsiert als auch peinlich berührt wirken. Die Musik stoppt und der Moderator des Abends tritt mit einem Mikrofon in der Hand vor dem Publikum auf. »Sehr verehrte Damen und Herrn, ich darf sie heute herzlich begrüßen zu unserer kleinen Tanzfeier am Ufer des wunderschönen Lago Maggiore. Ganz besonders möchte ich gleich drei Persönlichkeiten willkommen heißen. Signore Solodini, Signore Gespucci und Signore Mansardo. Bitte meine Herren, kommen Sie zu mir auf die Bühne.« Während die drei Männer zu dem Moderator gehen, jubelt ihnen die Menge des Saals zu. Besonders applaudieren die Partnerinnen der Männer, wenn ihr Zugehöriger aufgerufen wird und nach vorne schreitet. Zu viert stehen sie nun auf der Bühne nebeneinander. Der Moderator hält sein Mikrofon Francesco hin und fragt ihn, wie seiner Meinung nach die kommende Wahl wohl ausgehen werde. Doch bevor Francesco antworten kann, schiebt sich Signore Mansardo dazwischen und eignet sich das Mikrofon an. »Ich, als Regionalratsvorsitzender bin natürlich bei dieser Wahl völlig neutral. Es soll der gewinnen, der mehr Stimmen bekommt. So ist das in einer funktionierenden Demokratie.« Die Menge bejubelt Signore Mansardo. Besonders dessen Frau klatscht frenetisch in die Hände und ruft bravo, während Signora Solodini zögernd applaudiert und Maria ihre Arme verschränkt und keinen Ton von sich gibt. »Es bleibt mir nur übrig, einen fairen und friedlichen Wahlverlauf zu wünschen, zwischen unserem allseits beliebten Signore Solodini und dem Grundschullehrer Signore Gespucci«. Während Signore Mansardo bei Signore Solodini seine Stimme erhebt und dessen Namen laut und klangvoll von sich gibt, lässt er bei dem Namen Gespucci seine Tonlage fallen und spricht beinahe gelangweilt Francescos Nachnamen aus. Wiederum jubelt die Menge den drei Männern zu und erneut ist der Applaus der Frauen so, dass Gloria Mansardo laut klatscht, während Maria mit ernstem Gesichtsausdruck keinen Laut von sich gibt. Der Moderator nimmt sein Mikrofon wieder zu sich und sagt »Meine Herren, wir haben einen kleinen Wettbewerb vorbereitet, der zeigt, was wirklich in Ihnen steckt und wie weit Sie bereit sind zu gehen. Es wäre schön, wenn Sie und ihre Partnerinnen sich dazu bereit erklären würden mitzumachen.« Alle drei Männer suchen den Blickkontakt ihrer Frauen. Signora Solodini nickt ihrem Mann liebevoll zu und zeigt so ihr Einverständnis. Gloria Mansardo nickt mit erhobenem Haupt ihrem Mann ebenfalls zu und ist gleich bereit mit ihm teilzunehmen. Francesco schaut hoffnungsvoll auf Maria, die sich zu seiner Erleichterung mit Ihrem Lächeln und wiederholten Kopfnicken für den Wettbewerb bereit zeigt. »Ich glaube, es wäre besser, wenn nur unsere Wahlkandidaten daran teilnehmen und wir dann einen spannenden Zweikampf erleben,« ruft Signore Mansardo in die Menge. »Habt ihr etwa Angst, dass ihr den Aufgaben nicht gewachsen seid, sehr verehrter Ratsvorsitzender?« fragt Francesco schelmig in das Mikrofon, das er nun schnell dem Moderator abgenommen hat. »Ich habe vor nichts und niemandem Angst,

Signore Professore,« entgegnet ihm mit ausgestreckter Brust Signore Mansardo, der diese Herausforderung nicht auf sich sitzen lassen kann. »Dies verspricht heute Abend eine höchst interessante Darstellung zu werden,« sagt der Moderator, der sich sein Mikrofon wieder zurückgenommen hat und nun mit beiden Händen fest umklammert. Bevor es los geht, sollen die Teilnehmer ihre Sakkos und Krawatten ablegen. Francesco geht zu Maria und deponiert seine Sachen auf einer Bank. »Es tut mir leid, dass Du da nun mit drinnen steckst, Maria,« sagt er zu ihr, während sie beide schnell noch eine Weißweinschorle zu sich nehmen. »Solche Wettbewerbe sind nur dazu da, um sich lächerlich zu machen und zu zeigen, wie primitiv man ist«. »Mir tut das überhaupt nicht leid, Francesco,« antwortet sie ihm. »Ich vertraue Dir und ich weiß dass Du mich nicht bloß stellen wirst. Ich bin sogar sehr froh, dass ich diejenige bin, die das mit Dir machen darf. Außerdem wird das sicherlich ganz lustig werden.« Francesco schaut Maria an und umarmt sie hastig. »Danke Maria. Du bist die Beste.« »Allerdings, eine kleine Forderung habe ich. Ich möchte, dass wir bei dem Diaabend am Freitagabend die ganze Zeit nebeneinander sitzen und Du mich abholst und auch wieder heim bringst,« sagt sie mit einem lehrerhaften Unterton zu ihm. »Liebend gerne Maria, liebend gerne«, lautet begeistert seine Antwort.

»Jetzt müssen wir noch bei diesem Quatsch mitmachen, nur wegen diesem Signore Gespucci,« nörgelt Signore Mansardo zu seiner Frau. Gloria bemerkt bei ihm eine gewisse Nervosität. Er möchte nicht an dem, was nun gleich kommen wird, teilnehmen, das weiß sie ganz genau. Aber er hat keine andere Wahl, denn diese Herausforderung des Grundschullehrers kann er nicht ablehnen. Was würden die

Leute von ihm denken? Was sagte ihre Schwiegermutter letztens doch gleich zu ihr? Sie soll in jeder Situation zu ihrem Mann stehen. Dann würde er ihr auch die Liebe und Zuneigung entgegenbringen, die sie sich so sehr von ihm wünscht. Mit diesem Gedanken beflügelt, schreitet Gloria vor ihren Mann. Sie holt mit dem rechten Arm aus und gibt ihm zu seiner großen Überraschung eine liebevolle, kleine Ohrfeige, wodurch sie seine ungeteilte Aufmerksamkeit erlangt. »Antonio, hör mir zu,« befiehlt sie ihm. »Der Abend mit Dir war bisher wunderbar. Wie in alten Zeiten haben wir getanzt und uns geküsst. Du hast Dein Versprechen gehalten, dass alles wieder besser wird. Du bist mein Mann und wir stehen das hier gleich gemeinsam durch. Das hier ist gar nichts im Vergleich zu dem was, wir schon alles gemacht haben. Aber ich warne Dich. Ich unterstütze Dich, wo ich kann, aber wehe, Du stellst mich vor den Leuten hier bloß, indem Du nicht alles gibst, was in Dir steckt. Wir sind schließlich nicht irgendwer, sondern die altehrwürdige Familie Mansardo!« Signore Mansardo betrachtet seine Frau. Solche Ansprachen ist er von ihr keinesfalls gewohnt. Sein Unwohlsein ist verflogen und er ist bereit sich dem Wettkampf zu stellen. Auch wenn das bedeuten sollte, sich ein wenig lächerlich zu machen. Schließlich muss der Chef der Region seinen Untertanen zeigen, dass er jede Aufgabe in Angriff nimmt und sei sie noch so primitiv. Er umarmt seine Frau und gibt ihr einen innigen Kuss, während er mit seinen großen Händen kräftig an ihr Gesäß fasst.
Einige Minuten später werden die drei Kandidaten unter heftigem Applaus auf die Bühne beordert, während ihre Frauen noch auf ihren Einsatz zu warten haben. Signore Solodini läuft beinahe schüchtern

nach oben. Francesco lächelt dem Publikum freundlich entgegen und nickt ihm dankend zu. Ganz anders ist es bei Signore Mansardo. Dieser wartet kurz ab, bis die anderen beiden oben bei dem Moderator angekommen sind. Dann geht er schwungvoll, mit klatschenden, erhobenen Armen zu den bereits Wartenden. Während er der begeisterten Menge zuwinkt und Lufthandküsse verteilt, erklärt der Moderator die Regeln der ersten Aufgabe. Die Kandidaten müssen auf alle Viere gehen und jeder bekommt eine Eselsdecke über den Rücken gelegt. In diesem Zustand müssen sie runter zu ihren Frauen kriechen, die dann auf ihren Männern reitend auf das Podium gebracht werden sollen. Wer diese Aufgabe als schnellster erfüllt, ist der Sieger. Sofort begeben sich die Männer in den Vierfüßlerstand und legen los, wobei Signore Solodini durch sein lahmes Bein eindeutig benachteiligt ist. Signore Mansardo und Francesco liefern sich ein imposantes Rennen. Beide erreichen in etwa gleichzeitig ihre Frauen, die sofort aufsteigen. Maria hilft ein wenig mit, da sie mit ihren langen Beinen den Boden berührt und sich ein bisschen abstützt. Das Publikum feuert die Athleten mit I-A-rufen und lautem, lachendem Beifall an. Am Ende gelingt es Signore Mansardo einen Tick schneller zu sein als Francesco. Die Frauen steigen ab und Signore Mansardo stellt sich wie ein Boxer in Siegerpose mit ausgestrecktem Armen vor sein Publikum. Diese rufen begeistert seinen Namen und er geht zu seiner Frau, hebt deren Arm hoch und ruft wiederholt »wir sind die Besten!«. Francesco besorgt sich das Mikrofon des Moderators und gratuliert dem Sieger mit den Worten »Gegen so einen großen Esel kann ein Mann wie ich einfach nicht gewinnen,« was zum Leidwesen des Signore Mansardo ein großes Gelächter hervorruft.

»Das zweite Spiel geht darum, seinem Partner einen Cocktail zu mixen, der ganz spezielle Zutaten hat. Je mehr Zutaten darin sind und je mehr davon dann tatsächlich getrunken wird, derjenige hat gewonnen. Die Männer setzen sich auf Stühle und warten, während die Frauen die Getränke zubereiten,« erklärt der Moderator seinen Kandidaten und dem Publikum. Ein Assistent rollt einen Teewagen auf die Bühne, auf dem allerlei verschiedene alkoholische Getränke stehen. Von Bier über Wein bis hin zu Whiskey. Weißer und brauner Rum, Liköre verschiedenster Geschmacksrichtungen, Wodka, Schnaps und Absinth. Und jede Menge weiterer, hochprozentiger Spirituosen. Ein weiterer Assistent fährt einen zweiten Teewagen auf die Bühne, der noch mit einem Tuch abgedeckt ist. Er reicht den Frauen jeweils ein schmales, hohes Glas, in das bis zu einem Viertel Liter hineinpasst. »Und hier kommen die speziellen Zutaten«, ruft der Moderator mit weit aufgerissenen Augen und entfernt geschickt das Abdecktuch. Einige der Zuschauer fangen an sich zu ekeln. Auch die Frauen schauen fasziniert und entsetzt auf diese Zugaben. Am geschocktesten jedoch blicken die Männer drein, die das vielleicht gleich zu sich nehmen müssen. Auf dem Wagen befinden sich unterschiedliche kleine Behälter, in denen es kriecht und fleucht. Larven und Spinnen sind zu sehen. Krabbelnde Käfer und sich windende Würmer befinden sich in durchsichtigen Plastikdosen. Kleine Fische schwimmen in einem Wasserglas hin und her. Aber auch Sachen wie Sand, Holzspäne und Staubflusen sind in Schälchen untergebracht, in denen ein Löffel zur Entnahme bereit steckt. Zuerst geht Signora Solodini an den Start und mixt für ihren Mann einen

Cocktail. Des Öfteren schaut sie zu ihm rüber und sieht seine flehenden Augen, in denen sie ganz klar erkennt, dass sie schonend mit ihm umgehen soll. Die Signora hat Mitleid mit ihrem Gatten und füllt lediglich einige unterschiedliche Alkoholika in ein Glas und gibt etwas feinen Sand hinzu. Sie reicht ihm es ihm hin und er beginnt zu trinken. Der Sand knirscht zwar auf seinen Zähnen und der starke Alkoholmix lässt ihn öfters das Glas absetzen, aber dennoch gelingt es ihm sein Glas bis auf den Boden leer zu trinken und somit die Aufgabe zu erfüllen. Sichtlich geschafft von diesem starken, alkoholhaltigen Getränk legt er sich in den Stuhl zurück und hebt lediglich seine Hand zum Gruß an das Publikum, das ihm anerkennend zujubelt. Das zweite Team, das nun an der Reihe ist, sind Francesco und Maria. Auch sie schaut Francesco an, der bereits jetzt schon einen kleinen Würgereiz verspürt, aber ihr noch leicht lächelnd zustimmend zunickt. Die Grundlage von Marias Cocktail besteht aus einem Gemix aus Absinth, Bier, Schokolikör und braunem Rum. Als Sonderbeilage wählt sie einen kleinen Fisch, etwas Holzspäne und ein paar Larven aus, die sie in das trübe Getränk einrührt. Sie reicht es Francesco, der ab und zu eine Larve sehen kann, die per Zufall an die Innenseite des Glases gelangt und auch gleich wieder im inneren des Cocktails verschwindet. Francesco schließt die Augen und hält sich die Nase zu. Mit einem Zug gelingt es ihm, das volle Glas zu leeren. Totenstille herrscht in dem Zelt, nur seine Schlucke sind zu vernehmen. Als er das Glas abstellt, muss er sich den Mund zu halten und tief durchatmen. Der Applaus des Publikums und die Führung in diesem Wettbewerb sind ihm gewiss. Die letzte Mannschaft sind die Mansardos. Gloria füllt das Glas mit mindestens zehn verschiedenen, hochprozentigen Alkoholika. Da ihr Mann des Öfteren einen Cognac und ähnliche Getränke zu sich nimmt, ist er die Wirkung des Alkohols gewöhnt und es macht ihm sicher nichts aus, denkt sie sich. Als sie zu dem anderen Teewagen geht, auf dem die speziellen Zutaten deponiert sind, sucht auch sie den Blick ihres Mannes. Dieser starrt höchst angespannt auf den Wagen. Er ist wie in einem Schockzustand und kann daher keine Signale von sich an seine Frau geben. Gloria versteht dies jedoch so, dass er uneingeschüchtert zeigen möchte, zu was er im Stande ist. Sie nimmt den Staubflusen und mixt ihn in das Glas. Larven, Käfer und Spinnen wählt sie ebenfalls aus. Als Krönung nimmt sie mit einer Pinzette einen mehreren Zentimeter langen Wurm aus dem Behälter und taucht ihn in den Cocktail. Viele Leute aus dem Publikum wenden sich von dieser Prozedur zwar zuerst angewidert ab, drehen sich dann aber wieder dem Schauspiel zu und wollen sehen, wie es nun weiter geht. Im Gegensatz zu Maria hat Gloria jedoch einen kapitalen Fehler gemacht. Sie hat keine trüben, sondern lediglich klare Flüssigkeiten verwendet, sodass man alle sich darin befindlichen Sonderzugaben ganz genau sehen kann. Auch wenn die Tiere vom Alkohol wahrscheinlich schon tot oder zumindest betäubt sind, schwimmen sie dennoch wie Früchte in einer Bowle hin und her. Gloria reicht den Mix ihrem Mann. Dieser betrachtet das Glas mit einem leeren, durchsichtigen Blick. Im Gegensatz zu sonst ist er zu keiner weiteren Mimik oder Gestik mehr fähig. Man erkennt, dass seine Atmung sehr intensiv ist. Er setzt das Glas an seine Lippen an. Wiederum ist kein Ton im Zelt zu hören, alle schauen fasziniert auf Signore Mansardo. Er öffnet seinen Mund

und nimmt einen ersten Schluck. Man kann erkennen, dass beim zweiten Schluck eine Larve mit eingesogen wird. Beim dritten kommt die Staubfluse mit in den Mund und beim vierten ist es ein Käfer. Zu zwei Drittel ist das Glas nun leer. Neben einigen Larven und Spinnen, wartet am Glasboden noch der Wurm darauf verzehrt zu werden. Signore Mansardo blickt in das Glas und schaut auf das Kriechtier. Er führt das Glas an seine Lippen und beginnt es langsam zu kippen, so dass die Flüssigkeit und alles, was in ihr drinnen ist, auf seine Mundhöhle zuläuft. Kurz bevor die Tiere seinen Mund erreichen, setzt er mit einem Ruck das Glas ab, stellt es auf den Boden, steht auf und verschwindet aus dem Hinterausgang aus dem Zelt. Nach kurzen heftigen Atemzügen geht es ihm wieder besser. Er kehrt wieder auf seinen Platz zurück, ohne sich übergeben zu haben. Obwohl er sein Glas nicht ausgetrunken hat und diese Runde an Francesco geht, belegt Signore Mansardo den zweiten Platz in diesem Wettbewerb und wird von der Menge bejubelt. Den Alkohol spürend, bestreiten die Männer mit ihren Frauen die dritte und letzte Runde der Veranstaltung. Der Moderator nimmt sein Mikrofon und spricht hinein: »Signore Mansardo oder Signore Gespucci kann nur noch unser Sieger werden. Daher verabschiede ich mich nun von Signore Solodini und dessen bezauberter Gemahlin. Einen riesigen Applaus für die Solodinis,« ruft der Moderator und geleitet das Ehepaar zu freien Plätzen im Publikum. Beide Solodinis sind nicht wirklich traurig darüber, dass sie verloren haben, denn so wird ihnen der dritte Wettkampf des heutigen Abends erlassen.

Nachdem die Solodinis die Bühne verlassen haben, erklärt der Moderator die Schlussaufgabe des Abends. »Beim letzten Spiel dürfen die Männer heute mal das, was sie sonst nie dürfen. Sie sollen frei über ihre Frauen reden. Sie sollen uns beschreiben, was ihnen so richtig an ihnen missfällt und vor was ihre Frauen sich fürchten. Und sie, meine Damen, müssen die ganze Zeit gute Miene zum bösen Spiel machen. Denn wer als erste einen bösen Gesichtsausdruck macht oder wütend wird, deren Team hat verloren. Meine Herrschaften, darf ich bitten.« Francesco und Signore Mansardo, die bereits beide von dem vorangegangenen Spiel angetrunken sind, wird jeweils ein Mikrofon gereicht. Die Frauen nehmen ihre Stellung vor dem Publikum ein und lächeln es wie befohlen an. Ein böser Blick oder ein Wutanfall würde schließlich die Niederlage bedeuten. Signore Mansardo beginnt zaghaft die Runde: »Gloria mag es nicht, wenn ich zu schnell Auto fahre. Sie hat Angst und schreit dann völlig grundlos rum«. Francesco überlegt einen Moment, was ihm an Maria missfällt. Zögerlich sagt er dann: »Maria kommt sehr ungern zu spät in ihre Klasse, daher stellt sie in den Pausen oft einen Wecker, der dann fünf Minuten vor der Zeit klingelt und alle aufschrecken lässt.« Dann ist wieder Signore Mansardo an der Reihe. Diesmal will ihm schnell etwas einfallen und seine vorsichtige Zaghaftigkeit ist wie verflogen. »Gloria ist keine gute Köchin. Oft bin ich froh, wenn es Fertiggerichte bei uns gibt.« Belustigt sieht Francesco Signore Mansardo an und knüpft an dessen Erzählung an. Auch er ist nun deutlich redefreudiger als zu Beginn dieser Aufgabe. »Wenn man mit Maria essen geht, dann bestellt sie nie das Gericht, so wie es auf der Karte steht, sondern sie stellt das Essen immer um. Das ist ja so peinlich und es macht jeden Kellner nervös.« So ähnlich geht es eine ganze Zeit weiter. Die Männer reden sich gegenseitig an und lachen sich zu. Sobald einer etwas Schlechtes über seine Partnerin gesagt hat, erwidert der nächste das mit einer noch extremeren Geschichte. Während das Publikum am Anfang noch mit gelacht hat, wird es mit der Zeit immer ruhiger, da die Erzählungen immer pikanter für die Frauen werden. Diese stehen noch tapfer mit lächelndem Gesicht in Richtung des Publikums. Man sieht ihnen jedoch an, wie sich ihr Brustkorb immer schneller bewegt, da ihre Atmung und ihr Herzschlag zugenommen haben und das Spiel alles andere als eine angenehme Situation für sie darstellt. Man kann fast erkennen, wie wütend und verbittert sie beide sind. Sie strahlen eine so furchtbare Aura aus, dass das Publikum langsam im Halbkreis vor ihnen zurückweicht. Der Moderator versucht die Männer zu beschwichtigen und das Spiel zu beenden, jedoch haben sich Francesco und Signore Mansardo derart hineingesteigert, dass Signore Mansardo den Moderator zur Seite abdrängt und Francesco und er weiter erzählen können. »Aber An… Antonio,« stammelt Francesco lachend zu Signore Mansardo, der ebenfalls aus dem Lachen nicht mehr herauskommt. »Ja, mein lieber Francesco?« »Weißt du, was sie am meisten hassen, wovor sie am allermeisten Angst haben?« fragt Francesco mit lallender Stimme. »Ja, das weiß ich, Francesco.« Beide teilen sich ein Mikrofon und sprechen beinahe simultan mit der vollen Kraft ihrer Stimme hinein. »Vorm alleine alt werden«. Beide beginnen lauthals zu lachen, während die Stille in dem Zelt beängstigend wirkt. Bei beiden Frauen kann man Tränen erkennen, die über ihre Wangen zu ihren schwarzen, hübschen Kleidern hinunter fallen. Sie drehen sich fast gleichzeitig um und schreiten jeweils zu ihrem Partner. Maria gibt Francesco und

Gloria ihrem Mann vor dem versammelten Saal eine heftige Ohrfeige, die sich gewaschen hat. Danach nehmen die Frauen ihre Sachen und eilen hastig aus dem Zelt. Die beiden Männer registrieren nun, dass irgendetwas nicht so gelaufen ist, wie es hätte laufen sollen. Sie schauen in das Publikum, das sich verlegen von den beiden abwendet. Sie geben ihre Mikrofone zurück und verlassen langsam die Bühne. Die umherstehenden Leute bilden sofort eine Gasse, durch die sie ungehindert in eine hintere Ecke des großen Festzeltes gehen können. Dort angekommen setzen sie sich gemeinsam an einen Tisch. Alle Anwesenden um sie herum stehen auf und verlassen sie, so dass sie zu zweit, ausgesondert an dem abgeschiedenen Platz ausharren. Zwei Bierflaschen stehen auf dem Tisch, die sich beide zu Gemüte führen. Der Moderator versucht die Stimmung zu retten, indem er der Band zu spielen befiehlt. Zu seiner Erleichterung finden sich recht schnell tanzfreudige Pärchen auf der Bühne ein, die sich rhythmisch zur Musik bewegen. Nur wenige Minuten später geht das Fest weiter, so als ob nichts gewesen wäre.

Francesco und Signore Mansardo jedoch sitzen mindestens zwanzig Minuten schweigend an dem Tisch und besinnen sich, was eben geschehen ist. »Lassen Sie uns raus gehen aus diesem grässlichen Zelt, Signore Mansardo,« schlägt Francesco vor und Signore Mansardo willigt ein. Die Nacht ist kühl aber mittlerweile sternenklar. Die Wolken des Tages haben sich verzogen und der See und die Berge sind mit all ihrer Pracht zu bewundern. Gemeinsam sitzen die beiden Männer mit ihrer Bierfalsche am kleinen Hafen des Ortes auf einer hölzernen Bank. Sie schauen auf das Wasser, das ein wenig Wellengang hat, die in rhythmischen Abständen immer wieder sanft gegen die Hafenmauer schlagen. »Mein lieber Signore Professore, was haben wir heute Abend nur angerichtet?« fängt Signore Mansardo an zu erzählen. »Mit einem Mal habe ich das Liebste, was ich habe, gedemütigt und gekränkt.« »Wem sagen Sie das,« stimmt Francesco mit ein. »Maria ist so eine tolle Frau und ich habe sie so schlecht behandelt.« Beide nehmen einen Schluck aus ihrer Flasche zu sich und starren weiter auf den See, bis Francesco das Schweigen unterbricht: »Sehen Sie sich das hier an Signore Mansardo. Sehen Sie sich diese wundervolle Landschaft hier ganz genau an. Wir haben hier alles was man sich wünschen kann. In Rom, da wohnte ich mit meinen Eltern zusammen in einem mehrstöckigen Mietshaus. In den Sommermonaten war die drückende Hitze unerträglich und in den Wintermonaten kroch die Kälte durch die undichten Ritzen des alten, heruntergekommenen Gemäuers. Wir waren keine arme Familie, aber in Rom ist alles so teuer und dennoch schlecht gewesen. Wenn ich aus meinem Zimmer schaute, dann blickte ich in einen kleinen Hof, umgeben von anderen Häusern und Gebäuden. Unten im Hof waren ein kleiner Spielplatz und ein paar Sträucher. Wenn ich das mit der Natur hier vergleiche ist das geradezu lächerlich gewesen. Jahrelang schaute ich aus dem Fenster und sah immer nur die Wohnungen unseres Nachbarhauses. Aber hier ist das anders. Wenn man aus dem Haus geht, dann hat man jeden Tag die Möglichkeit ein anderes, wundervolles Bild zu erblicken. Verstehen Sie, was ich meine?« fragt Francesco nach, worauf Signore Mansardo nachdenklich nickt. »Und das, was wir hier alles Schönes haben, dessen sind wir uns manchmal gar nicht so bewusst,« antwortet Signore Mansardo kurze Zeit später. Ihm schießen bei diesem Satz jede Menge Gedanken durch seinen Kopf. Er muss an Gloria denken, wie sehr er sie doch eigentlich liebt und wie wenig er dies ihr in den letzten Jahren gezeigt hat. Er denkt an seine Töchter, die nichts lieber wollen, als wieder zu ihnen nach Hause zu kommen und hier zu lernen und zu leben. Er denkt an Stephano, auf den er so stolz ist. Und er denkt an die Leute von der norditalienischen Abfallliga und die geplante Deponie auf der Piazza della Pescatori. Er ist sich dieser Sache plötzlich gar nicht mehr so sicher und fragt sich, ob dieses Projekt der Natur und den Menschen hier nicht mehr schadet als nützt, so wie es seine Mutter ihm auch versucht hat mitzuteilen. »Ich denke, wir müssen uns nun beide anstrengen, um unsere Frauen wieder zurück zu gewinnen, Signore Gespucci,« sagt Signore Mansardo und nimmt einen kräftigen Schluck aus seiner Flasche. »Da stimme ich ihnen ausnahmsweise mal ausnahmslos zu, Herr Regionalratsvorsitzender,« entgegnet ihm Francesco. Sie schauen sich an und können sich jeweils ein leichtes Grinsen entringen. Beide prosten sich ein letztes Mal gegenseitig zu und leeren ihre Bierflaschen. Dann stehen sie von der hölzernen Bank auf. Für einen kurzen Zeitraum ist der Wahlkampf vergessen. Es ist vergessen, dass die beiden Männer sich über die Jahre hinweg regelmäßig gezankt und gestritten haben. Auch dass sie stets die schärfsten Konkurrenten sind, ist im Moment ausgeblendet. Sie reichen sich die Hände und verabschieden sich mit einem festen, ehrlich gemeinten Handschlag voneinander. Sie wünschen sich gegenseitig alles Gute und viel Glück. Dann trennen sich ihre Wege wieder und sie gehen nach Hause. Signore Mansardo in seine Villa und Francesco in seine Wohnung.

Die Nacht hat Signore Mansardo auf der Couch in seinem Arbeitszimmer verbracht. Mit genau den Kleidern, in denen er tags zuvor von dem Tanzfest heimgekommen ist, ist er auch eingeschlafen. Zwar wollte er zu Gloria ins Schlafzimmer gehen, aber sie hatte es von innen verschlossen. Signore Mansardo lag noch lange wach in seinem Zimmer, bevor er einschlafen konnte. Eine leere Cognacflasche liegt neben ihm auf dem Teppich. Was kann ich tun, damit Gloria wieder gut mit mir ist? Über diese Frage hat er stundenlang nachgedacht. Gegen 10:00 Uhr vormittags öffnet sich die Zimmertür zu seinem abgedunkelten Schlafquartier. Er dreht sich um und sieht im Licht die Konturen einer Frau. Schlaftrunken ruft er erfreut den Namen seiner Gattin. »Gloria ist weggefahren. Sie ist nicht da,« sagt seine Mutter zu ihm, während sie gnadenlos den Lichtschalter einschaltet. Signore Mansardo, dem das grelle Licht höchst unangenehm in die Augen scheint, kommt langsam zu sich und fragt, wo seine Frau denn hin gefahren sei. »Gestern Nacht kam sie hier herein und war ganz aufgelöst. Sie wollte schon wegfahren, da hab ich sie gezwungen sich mit mir zuerst in die Küche zu setzen. Sie hat mir erzählt, was in dem Festzelt im Ort stattgefunden hat. Stimmt das alles, was sie sagt?« fragt sie ihren Sohn, um von ihm zu erfahren, ob Glorias Aussage der Wahrheit entspricht. »Nun, ich denke, sie wird Dir schon alles so gesagt haben, wie es sich zugetragen hat«, erwidert er seiner Mutter und steht dabei von der Couch auf. »Wo ist sie jetzt, Mutter?« »Das weiß ich nicht, aber ich weiß, dass sie heute Abend kommt und ihre Sachen abholt. Schande über Dich und Deine Taten, Antonio. Wie konntest Du unsere

Familie derart entehren? Dein Vater würde sich im Grab umdrehen.« Die alte Dame schimpft auf ihren Sohn, als wäre er ein kleiner Knabe, dem die Leviten gelesen werden. Er setzt sich wieder auf seine Couch und nimmt die Hände vor sein Gesicht. Seine Mutter kommt zu ihm und legt ihre Hand auf seinen Kopf. »Du hast nur noch heute die eine Chance Gloria wieder zurück zu gewinnen.« »Wie denn? Was kann ich noch tun?« fragt er verzweifelt und sieht hoffnungsvoll die Signora Mansardo an. »Denke an etwas, was Gloria glücklich macht. Denke an etwas, was ihr wichtig ist. Was ist ihr das Allerwichtigste auf der Welt?« Plötzlich fährt es ihm durch sämtliche Glieder. Er schreckt auf und küsst seine Mutter auf die Stirn. »Aber natürlich, das ist es. Ich weiß was Gloria am Wichtigsten auf der ganzen Welt ist! Danke Mama! Ich nehm dein Auto, das hat genügend Sitzplätze«, entfährt es ihm und er eilt davon. Seine Mutter geht zu dem großen Porträt ihres verstorbenen Gatten, das in dem Arbeitszimmer aufgehängt ist. »Ein echter Mansardo. Hitzköpfig und beherzt wie kein anderer,« sagt sie liebevoll den Kopf schüttelnd zu dem Mann in dem Bild. Signore Mansardo rennt zu dem weißen Mercedes. Der Chauffeur beeilt sich, um schnell seiner Arbeit nachzugehen. Der Hausherr jedoch sagt ihm, dass er ihn heute nicht brauche und er sich frei nehmen könne. Unrasiert und immer noch in den gleichen Kleidern wie gestern, fährt Signore Mansardo von seinem Grundstück. Währenddessen nimmt er sein Mobiltelefon in die Hand und wählt eine Nummer. »Ja, hier ist Signore Mansardo. Geben Sie mir den Internatsleiter. Ja, sofort. Es ist dringend.« Während er das wichtige Telefonat führt, fährt er die Landstraße hinauf, die zur Autobahn Richtung Nordosten führt.

Zwei Stunden später fährt die weiße Mercedes-Limousine durch das große Tor des Mädcheninternats. Stilvoll erbaut steht das Anwesen nicht weit der Schweizer Grenze. Das Hauptgebäude ist ein moderner Gebäudekomplex auf dem neusten Stand der Baukunst. Vor dem Internat befindet sich ein Schulgarten, in dem sich gerade eine Klasse befindet, die von einem Botaniker unterrichtet wird. Die Solodinis hätten sicher viel Spaß daran, diesen Garten auf Vordermann zu bringen, denkt sich Signore Mansardo, während er auf den Parkplatz fährt. Als er seinen Wagen zwischen einigen anderen Luxusautomobilen abgestellt hat, wird ihm prompt vom aufmerksamen Personal die Fahrertür geöffnet. »Guten Tag Signore Mansardo, was für eine Freude Sie hier begrüßen zu dürfen,« wird er vom Portier höflich begrüßt. »Tag,« entgegnet er diesem sehr zügig. »Ich hab es sehr eilig. Ich muss sofort mit dem Internatsleiter sprechen.« »Sie werden bereits erwartet,« erwidert der Portier, der seine Schritte beschleunigen muss, um von Signore Mansardo nicht abgehängt zu werden. Die beiden Männer hasten durch die große Eingangshalle an der Rezeption vorbei zu den Fahrstühlen. Einige Mädchen, die mit der Internatsuniform bekleidet sind, befinden sich dort und betrachten, wie alle anderen, voller Neugier den unbekannten Neuankömmling, wie dieser in seiner ungepflegten Aufmachung schnellen Schrittes und den Pförtner im Schlepptau, an ihnen vorbeimarschiert. Wild drückt Antonio mehrfach auf die Knöpfe des Fahrstuhls. »Signore Mansardo, wenn ich Sie bitten dürfte«, sagt der Portier leise zu Signore Mansardo, in der Hoffnung, dass dieser sich mäßigen würde. »Sie dürfen nicht«, lautet die barsche Antwort. Die beiden betreten die Fahrstuhlkabine und fahren nach oben. Im zweiten Stock angekommen, geht Signore Mansardo ins Zimmer des Internatsleiters und schließt die Tür direkt vor der Nase des Portiers, der nur noch die folgenden Worte vernehmen kann: »Signore Mansardo, was kann ich für Sie tun?« »Es geht um folgendes...«. Seine Uniform wieder gerade rückend verlässt der Portier diese Etage und begibt sich wieder zurück auf seinen Posten, unten auf den großen Parkplatz, wo die teuren Wagen der teilweise exzentrischen Eltern der Internatsschülerinnen stehen. Weitere drei Stunden vergehen, bis der Portier ein fröhliches Gelächter von drei Mädchen und einem Mann aus dem Foyer entnehmen kann. Oh mein Gott, denkt er sich, als er die Familie Mansardo auf ihn zukommen sieht. Jedes der Mädchen hat noch ihre dunkelblaue Internatsuniform an und trägt ein kleines Köfferchen mit sich. »Seien Sie so nett und holen Sie unseren Wagen. Aber schnell bitte, wir haben etwas Wichtiges zu erledigen,« sagt Signore Mansardo in einem sehr gut gelaunten Ton zu dem Portier, dem das alles nicht ganz geheuer zu sein scheint. Signore Mansardo reicht die Autoschlüssel und dazu einen 50.000 Lire-Schein. »Sehr wohl,« bestätigt der Portier hoch erfreut und rennt zu dem weißen Mercedes, den er in Windeseile vorfährt.

Maria hat sich heute krank gemeldet, erfährt Francesco von seiner Rektorin, als er nachfragt, weswegen sie nicht in der Schule ist. Mehrere seiner Kollegen sehen Francesco an und brechen dann schnell den Blickkontakt mit ihm wieder ab. Seine gestrige Show dürfte sich wohl herum gesprochen haben. »Hey, Francesco,« wird er von Kevin begrüßt, der ihm dabei mit seiner großen Hand auf die Schulter klopft. »Na wenigstens Du meidest mich noch nicht,« sagt Francesco zu dem Fußballtrainer. »Ach komm, das ist doch alles halb so wild. Das wird schon wieder. Das ist nichts im Vergleich zu dem, was wir in Irland machen, wenn wir spät abends aus einem Pub raus kommen. Weißt Du was, komm doch morgen Mittag zum Sportplatz und schau Dir das Freundschaftsspiel unserer Mannschaft an. Das muntert Dich bestimmt auf.« »Danke für das Angebot. Ich denke, ich werde mal vorbeischauen. Allerdings werde ich wahrscheinlich nicht bis zum Ende bleiben können. Ich gehe anschließend auf einen Diaabend von den Bartolis.« »Du gehst freiwillig dorthin und schaust Dir deren Diaaufnahmen an? Da hast Du dir ja was eingebrockt,« grinst Kevin ihm spöttisch zu. »Das machst Du doch nur, weil Du denkst, Du kannst deren Stimmen und die Stimmen der dort anwesenden, älteren Herrschaften für die Wahl gewinnen, oder?« Francesco zieht seine Schultern hoch und nickt Kevin bestätigend zu. Ja, manchmal macht man etwas, was man als anständiger Mensch eigentlich nicht tun sollte, denkt sich Francesco und muss sich unweigerlich wieder an den gestrigen Abend erinnern. »Ich muss los, bis morgen dann,« ruft Kevin, der in Eile das Schulgebäude verlässt. Francesco packt seine Sachen langsam zusammen und geht ebenfalls.

Auf dem Nachhauseweg läuft er an Marias Wohnung vorbei und klingelt. Er ist sich nicht ganz sicher, ob er sie oben am Fenster gesehen hat, aber auch auf sein wiederholtes Schellen regt sich nichts. Maria hingegen hat Francesco von oben aus ihrem Fenster sehr wohl erblickt. Aber er ist derzeit der Mensch, den sie am allerwenigsten sehen möchte. Ihr schwarzes Kleid hat sie ordentlich über einen Stuhl gelegt und auch die Schuhe wieder in einem Schrank verstaut. An ihren Augen kann man erkennen, dass sie die ganze Nacht durch geweint haben muss. Getröstet hat sie sich mit zwei Flaschen Wein, einer großen Packung Chips und dem Nachtprogramm der diversen Fernsehsender. Teilweise noch nicht abgeschminkt, hat sie einen Schalfanzug und Morgenmantel an, in denen sie vermutlich auch die Nacht verbracht hat. Da sich niemand meldet und Francesco vor der verschlossenen Tür steht, beschließt er nach Hause zu gehen. Dort angekommen, ist das erste, was er macht, nach dem Telefon zu greifen und Maria anzurufen. Den ganzen Nachmittag lang wählt er immer wieder ihre Nummer. Ohne Erfolg. Auf ihren Anrufbeantworter spricht er und bittet sie, dass sie ihn zurückrufen möge. Es täte ihm unendlich leid und er wolle sich bei ihr entschuldigen. Als es einmal bei ihm läutet, hastet er zum Telefon und reißt den Hörer an sich. Doch es ist nicht Maria, sondern nur eine Kollegin, die Francesco etwas wegen der Schule fragt. So vergeht der Tag und der Abend bricht herein. Maria, die jeden seiner Anrufe registriert und alle Nachrichten von ihm sofort abgehört hat, schaut auf ihren Kalender. Der gestrige Mittwochabend ist mit einem roten Herz ganz deutlich markiert. Wenn sie daran denkt, dann muss sie lachen und weinen zugleich. Gerade wollte sie den Kalender abnehmen, da fällt ihr ein weiterer Eintrag auf. Den morgigen Freitagabend hat sie sich ebenfalls markiert. *Diaabend mit Francesco bei den Bartolis* steht dort in ihrer Handschrift geschrieben. Die Zutaten für das Panna Cotta und die dazugehörige

Himbeersoße hat sie bereits gekauft. Wäre es nicht eine Verschwendung das gute Essen verkommen zu lassen? fragt sie sich und sucht in ihrem Kopf bereits nach weiteren Gründen, weswegen sie dort erscheinen soll. Ihr wird klar, dass sie in Francesco trotz allem mehr sieht als nur einen Kollegen. Viel mehr. Eine Chance wird sie ihm noch gewähren. Allerdings wird sie es ihm nicht leicht machen und er muss sich sehr anstrengen, damit zwischen ihnen wieder alles gut wird. Sie nimmt ihr schwarzes Kleid und drückt es fest an sich, bevor sie in ihr Schlafzimmer geht und das Licht ausschaltet.

Gegen 19.00 Uhr steigt Gloria Mansardo aus einem Taxi aus und geht auf die Villa Mansardo zu. Sie steht auf dem Parkplatz und betrachtet das Haus, in dem sie so viele Jahre verbracht hat. Unzählige Erinnerungen steigen in ihr für kurze Augenblicke empor und verschwinden sofort wieder. Gute und schlechte Erinnerungen. Traurige und fröhliche. Sie liebt das Anwesen, das ihre Heimat geworden ist. Es fällt ihr schwer nicht in Tränen auszubrechen, doch es gelingt ihr sich zu fassen und auf die Eingangstür des Hauses zuzugehen. Das alles ist nun endgültig vorbei, denkt sie sich, während sie den Schlüssel ins Schloss steckt und das Haus betritt. Ein köstlicher Duft von gebratenem Fleisch steigt ihr in die Nase. In der Eingangshalle sieht sie ihren Mann auf einem Stuhl sitzen. Er hat sich frisch gemacht, einen Anzug mit Krawatte angezogen und auf seine Frau gewartet. Überall im Foyer liegen rote Rosen verteilt und ein riesiger roter Blumenstrauß verdeckt sein Gesicht. »Willkommen daheim«, sagt er zu Gloria, die ihre Arme ineinander verschränkt und seinen Gruß nicht erwidert. »Es ist aus, Antonio«, sagt sie. »Ich ertrage das nicht länger. Gestern, das hat mir wieder einmal gezeigt, zu was Du in der Lage bist. Nur Deiner Mutter zuliebe bin ich jetzt noch einmal hier. Aber eigentlich weiß ich nicht, was ich hier noch zu suchen habe.« Während Gloria ihrem Mann diese Worte sagt, steht er langsam auf und geht mit dem Blumenstrauß in ihre Richtung. »Die Blumen hättest Du Dir auch sparen können«, wirft sie ihm vor, während er ihr immer näher kommt. »Bevor Du gehst, Gloria, sei bitte so nett und gewähre mir noch einen letzten Wunsch. Komm mit ins Wohnzimmer und iss mit mir zu Abend. »Wozu?« fragt sie laut und energisch und tritt dabei einen Schritt zurück in Richtung Haustür. »Bitte«, sagt Signore Mansardo zunächst in seiner typischen, befehlshaberischen Stimmlage zu ihr. Als er jedoch bemerkt, dass sie aufgrund seiner mächtigen Sprache für einen kurzen Augenblick zusammenzuckt, wiederholt er seine Anfrage in einem ruhigen, beinahe flehenden Ton. »Ich weiß, mein gestriges Verhalten ist eigentlich unverzeihbar. Aber dennoch wage ich es und bitte Dich um Vergebung.« »Niemals,« ruft sie ihm sofort entgegen, wobei ihre Worte an Härte und Abneigung eindeutig verloren haben. »Wenn nicht für mich, dann komm wenigstens Stephano zu liebe mit ins Wohnzimmer und leiste ihm heute noch einmal Gesellschaft.« Als Gloria den Namen ihres Sohnes hört, kann sie eine Träne nicht verbergen, die ihr die Wange hinab läuft. Schnell wischt sie sich mit einem Tuch wieder trocken und erklärt sich bereit an diesem letzten Abendmahl teilzunehmen. »Nur Stephano zuliebe. Klar Antonio?«, sagt sie zu ihm mit weinerlicher Stimme, woraufhin er nickend zustimmt. Er hält den Blumenstrauß in der einer Hand, während er mit der anderen die große Tür zum Wohnzimmer ruckartig öffnet, sobald seine Frau direkt vor dieser steht. Was Gloria nun zu Gesicht bekommt, hätte sie niemals für möglich gehalten. Vor allem nicht bei sich zu Hause in der Villa Mansardo. Der große Wohnzimmertisch ist mit einem weißen Tischtuch gedeckt. Darauf steht das Festtagsgeschirr mit dem polierten Silberbesteckt. In der Mitte des Tisches steht ein großer Braten, der bereits in Scheiben geschnitten ist und herrlich vor sich hin duftet. Dabei stehen ein Topf mit Nudeln und brauner Soße sowie gedünstete Karotten, die Gloria für ihr Leben gerne isst. Rotwein von den umliegenden Winzern steht bereit gekostet zu werden. Mit Kerzen und Blümchen dekoriert wird das perfekte Bild des gedeckten Tisches abgerundet. Auf der einen Seite des Tisches befinden sich ihr Sohn Stephano und ihre Schwiegermutter, die Signora Mansardo, die sie beide freudigst anstrahlen. Auf der anderen Seite sitzen in weißen Kleidchen gekleidet ihre drei Töchter und lachen ihrer Mutter herzlich zu. Gloria kann ihr Glück nicht fassen und beginnt wiederum zu weinen. Allerdings sind es dieses Mal Freudentränen. Sie rennt zu ihren Töchtern und umarmt sie auf Innigste, während sie zu lachen beginnt. Auch ihr Sohn Stephano, der dazu gekommen ist, wird in den Kreis der Umarmung mit aufgenommen. Die alte Signora Mansardo geht hochzufrieden zu ihrem Sohn und umarmt ihn voller Stolz. Schließlich begibt sich Signore Mansardo zu seiner Frau und reicht ihr den Blumenstrauß hin. Während die Kinder sich mit ihrer Großmutter wieder setzen und anfangen aufzutischen, steht Gloria vor ihrem Mann. »Danke für diese wunderschönen Blumen. Und für all das hier,« sagt sie zu ihm mit ihren immer noch nassen Augen.

»Und? Willst Du immer noch fort?« fragt er sie mit einem liebevollen Lächeln im Gesicht, während er sanft mit einem Tuch ihre Tränen aus dem Gesicht wicht. Sie blickt ihm tief in die Augen und umarmt ihn, während sie ihm leise sagt: »Auch wenn es manchmal schwer ist. Ich bin eine Mansardo. Und eine Mansardo steht immer hinter ihrer Familie.« Sobald sie diese Worte gesprochen hat, umarmen sie sich und ihre Münder verschmelzen zu einem langen, ausgiebigen Kuss. Arm in Arm begeben sich die beiden zu dem Tisch, an dem nun die gesamte Familie Mansardo sitzt und zusammen dieses wundervolle Abendessen genießt.

Der Pfiff ertönt und der Schiedsrichter pfeift das Spiel an. Die Mädchen feuern ihren kleinen Bruder Stephano an, der geschickt zwei Mann umspielt, um dann den Ball an einen frei stehenden Mitspieler abzugeben. Signore Mansardo und seine Frau stehen wie zwei frisch Verliebte am Spielfeldrand und rufen Stephano ebenfalls zu. Auch die alte Signora Mansardo sitzt auf einem Stuhl und verfolgt das Geschehen. Nicht nur die Mansardos, sondern auch viele andere Eltern der spielenden Kinder stehen und sitzen am Spielfeldrand und feuern das Team und natürlich ihre Nachkömmlinge an. Obwohl das Heimteam klar überhand hat, gelingt es der gegnerischen Mannschaft durch einen schnell ausgeführten Freistoß das 0:1 zu erzielen. Kevin tobt vor Wut. »Man, wie kann das denn sein, passt doch besser auf da hinten«, ruft er seinen Schützlingen zu. Francesco ist ebenfalls erschienen und steht nun direkt mit Kevin am Spielfeldrand. Viele Zuschauer haben Francesco angesprochen und ihm versichert, dass sie trotz seines unglücklichen Auftrittes im Festzelt am Mittwochabend ihn wählen würden und sprachen ihm Mut zu, er solle den Kopf nicht hängen lassen. Einige meinen, es wäre sehr bewunderungswürdig, zu was er in der Lage sei, was er reden und machen würde, ohne dabei an sich und die Konsequenzen zu denken. So einen, der sich traut etwas zu sagen, komme was da wolle, den brauchen sie in der Politik. Francesco weiß nicht, wie er diese teils zweifelhaften Komplimente annehmen soll. Dennoch schüttelt er jedem seiner Bewunderer die Hand und bedankt sich für die Unterstützung und Aufmunterungsversuche. »Maria war heute wieder nicht in der Schule,« sagt Francesco zu Kevin, der sich jedoch nicht um Francesco, sondern um den Spielverlauf kümmert. »Ja, und? Dann ist sie halt krank« antwortet er Francesco knapp. »Schneller, das muss viel schneller gehen,« brüllt Kevin ins Spielfeld hinein. »Foul, Foul«, ruft er, als eine seiner Spielerinnen unmittelbar vorm Strafraum vom Gegner gelegt wurde. »Das war im Strafraum, Schiedsrichter. Im Strafraum. Elfmeter!« fordert Kevin. Der Schiedsrichter jedoch entscheidet, dass das Foul vor dem Strafraum geschehen ist und es demnach nur einen Freistoß für Kevins Mannschaft gibt. Dieser wird von Pedro geschossen, der einen sehr festen Schuss drauf hat. Er schlenzt den Ball kraftvoll über die Mauer. Statt ins Tor prallt der Ball direkt an die Latte, von der er mit lautem Gedonner wieder zurück ins Spielfeld fliegt. Nicht nur die Erwachsenen, sondern auch die spielenden Kinder schlagen vor Enttäuschung die Hände über ihren Köpfen zusammen, was sich als sehr schlimmer Fehler herausstellen wird. Der Ball ist schließlich noch im Spiel. Einer der Gegenspieler hat aufgepasst. Er holt sich den Ball und rennt auf den Torwart zu und erzielt ganz souverän das 0:2. Die Kinder der Gäste und deren mitgekommenen Eltern jubeln, während die Eltern der Heimmannschaft, vor allem die Väter, wütend zu schreien beginnen. »Was ist, wenn sie mich nicht mehr sehen will?« fragt Francesco Kevin. »Das Dorf ist wirklich nicht sehr groß. Ihr werdet euch schon bald wieder über den Weg laufen«, sagt Kevin, der seinen Kindern zuruft, dass sie sich mehr anstrengen und besser aufpassen sollen. Wieder hat Stephano den Ball und dribbelt bis an den Strafraum der Gegner. Dann beweist er Übersicht und gibt den Ball an Pedro weiter, der das Runde mit voller Wucht in das Eckige zum 1:2 Anschlusstreffer befördert. »Tor! Tor! Tor!« ruft Kevin lauthals heraus und die gesamte Elternschar, inklusiver der Mansardos, freuen sich riesig über den erzielten Treffer. Nach der Halbzeit ist der Spielverlauf ausgeglichen. Bis kurz vor Schluss steht es immer noch 1:2 für die Gäste. Dann brechen wieder das junge Stürmerduo Stephano und Pedro nach vorne. Sie passen sich gegenseitig zu und umspielen so ihre Gegner. Pedro schießt mit voller Wucht, doch der Torwart kommt noch mit den Fingerspitzen an den Ball und wehrt ihn ab. Er kann ihn aber nicht festhalten und lässt ihn einen Meter von sich abprallen. Diesen Moment sieht Stephano und grätscht blitzschnell hinein. Er erwischt den Ball Sekundenbruchteile, bevor der Torwart zur Stelle ist, und befördert ihn ins Netz. 2:2. Die Menge tobt. »Habt ihr das gesehen?« schreit Signore Mansardo um sich. »Habt ihr das alle gesehen? Das ist mein Junge gewesen, mein Sohn, Stephano Mansardo!« Stolz klopft er sich auf seine Brust und widmet sich wieder seiner Frau Gloria, die verschmust mit ihm das Spiel verfolgt. Die letzten Sekunden laufen, während die Heimmannschaft weiter auf den Sieg drängt. Wieder stehen Stephano und Pedro vor dem Torwart der Gäste und wieder möchte Pedro schießen, als ein gegnerischer Verteidiger ihm von hinten in die Beine grätscht. Pedro windet sich vor Schmerzen auf dem Boden. Stephano kommt sofort heran gelaufen und erkundigt sich nach dem Wohlbefinden seines Kameraden. Der gegnerische Verteidiger, der das Foul begangen hat, steht dabei und schreit Pedro an, er solle aufstehen und sich nicht so anstellen. Er hätte ihn schließlich nicht getroffen und Pedro würde nur schauspielern. Voller Wut ballt Stephano seine kleine Hand zu einer Faust zusammen. In Sekundenschnelle holt er aus und gibt dem Gegenspieler, der sich keiner Schuld bewusst ist, einen Fausthieb mitten ins Gesicht. Die Väter beider Lager stehen auf und stürmen das Spielfeld. Kevin, der andere Trainer und der Schiedsrichter erreichen als erste den Ort des Geschehens. Wie durch ein Wunder gelingt es ihnen, dass die Meute nicht aufeinander los geht und es zu keiner Massenschlägerei kommt. Stephano sieht die rote Karte und muss vom Spielfeld gehen. Sein Vater begleitet und tröstet ihn. Während sie zusammen den Platz verlassen, ruft Signore Mansardo laut heraus, so dass alle es hören können: »Das hast du sehr gut so gemacht, mein Sohn. Wenn sich einer von außen mit einem von uns hier anlegt, dann sind wir sofort alle für einen und einer für alle da. Ich bin sehr stolz auf dich!« Stephano geht und blickt sich dabei jedoch noch nach Pedro um. Dieser kann wegen seiner Verletzung nicht mehr mitspielen und wird von seinem Vater, der eine ähnliche korpulente Statur wie der Sohn hat, vom Feld getragen. Für das grobe Foul bekommt die Heimmannschaft einen Elfmeter zugesprochen. Kevin entscheidet, dass das älteste Mädchen im Team ihn ausführen soll, was vor allem bei den Eltern der Jungen zu Reaktionen führt. »Das Mädchen doch nicht. Die doch nicht. Wie kann der Ire die den schießen lassen. Das wird doch nichts.« Und viele weitere Sprüche muss Kevin hören. Er dreht sich zum Publikum um und ruft, während er seine rechte Faust in seine offene linke Hand schlägt, laut: »Wenn einer mir etwas Konkretes sagen möchte, warum sie nicht schießen soll, dann kann ich das gerne mit ihm ausdiskutieren.« Wie Kevin es erwartet hat, sind ganz plötzlich alle Stimmen der Kritiker verstummt. Das Mädchen tritt an und täuscht den Torwart so geschickt, dass dieser in die falsche Ecke springt und sie den Ball zum 3:2 versenkt. Kurz darauf ertönt der Schlusspfiff und das Spiel ist aus. Die Kinder rennen zu ihrem irischen Trainer. Auch Stephano kommt und Pedro humpelt zu ihm hinüber und sie freuen sich gemeinsam über ihren Sieg, während die Eltern applaudieren. Wie ein Bühnenkünstler verneigt sich Kevin vor dem Publikum und zeigt auf seine Kinder, die sich ebenfalls verbeugen und riesigen Jubel empfangen. Francesco klatscht begeistert mit und freut sich über den verdienten Erfolg. Er schaut auf die Schuluhr und bemerkt, dass es höchste Zeit ist sich für den Diaabend fertig zu machen. »Oh mein Gott, hoffentlich halte ich das heute Abend alleine durch. Ohne Maria«, sagt er zu sich selbst und neigt dabei seinen Kopf gen Himmel.

Nach einer Stunde steht Francesco mit einer Weinflasche vor dem Haus der Bartolis. Also dann, sagt er sich und betätigt die Klingel. Signora Bartoli öffnet die Haustür und begrüßt Francesco mit je einem dicken Kuss auf seine rechte und linke Wange sowie mit einer kraftvollen Umarmung. »Ah, Herr Professore. Wir haben sie schon erwartet. Kommen Sie alleine?« »Ja«, antwortet Francesco knapp und erzwingt sich ein höfliches Lächeln. »Naja, macht nichts. Treten Sie ruhig herein, wir sind schon vollzählig und können gleich anfangen.« Francesco geht in das Wohnzimmer, in dem der Diaprojektor bereits aufgebaut ist. Um die zwanzig ältere Personen sitzen schon da, die Francesco herzlich begrüßen. An einer Seite des Raums ist ein kleines Büffet aufgebaut, auf dem selbstgemachte, kalte Leckereien stehen. Francesco bedient sich und verspeist einen bunt gemixten Teller, auf dem jede Speise mindestens einmal vorhanden ist. Francesco kennt die Fallen dieser italienischen Büffetdarbietung. Sobald er von einer Speise besonders viel nimmt, heißt es entweder: Oh, der isst uns ja fast alles alleine weg, oder: Seht alle her, mein Essen schmeckt jemandem besonders gut. Andrerseits ist es ein noch viel größerer Fehler, eine Speise nicht zu kosten und sie sich nicht auf den Teller zu schaufeln. Die betroffene Hausfrau ist dann recht schnell beleidigt, dass ausgerechnet ihr Essen verschmäht wird. Manchmal wird sie sogar von den andern Damen damit aufgezogen, dass sie nicht kochen oder backen könne, was dann immer in halben Tragödien endet. Wie der Spruch schon sagt, Alter schützt vor Torheit nicht, denkt sich Francesco jedes Mal, wenn er in solch eine Situation geraten ist. Plötzlich geht das Licht in dem großen Wohnzimmer aus. Eine kleine Discokugel, die unscheinbar in der Mitte des Raums aufgehängt worden ist, wird von einer Lichtmaschine angestrahlt und reflektiert die bunten Lichtstrahlen durch das gesamte Wohnzimmer. Von der Seite kommen die Bartolis mit großen mexikanischen Hüten und sich rhythmisch zu mexikanischer Musik bewegend in ihr Wohnzimmer stolziert. Francesco erinnert sich, dass das Thema bis zu der Diavorführung immer streng geheim ist und mit einer kleinen Aufführung und Verkleidung der extrovertierten Gastgeber an dem jeweiligen Abend eingeläutet wird. Schmunzeln muss Francesco, als alle Herrschaften begeistert dazu im Takt applaudieren. Besonders heizt die Stimmung die Signora an, die ein Tablett trägt, auf dem Tequilla, Salz und Zitronenscheiben herangebracht werden. Überrascht ist Francesco, als er sieht, dass vor allem die alten Damen sich wie Hyänen über dieses mexikanische Nationalgetränk her machen. »Buenas Dias Muchachos,« ruft der Gastgeber lauthals heraus, während seine Frau den Tequilla unter den Gästen verteilt. »Heute führen wir Sie ins Reich der Mayas und Azteken. Ins Land der Sombreros und des Tequillas.« »Ins Land der billigen Zigarren und Drogen«, ruft ein älterer Herr dazwischen, was zwar unter den Gästen lautes Gelächter hervorruft, dem Gastgeber aber missfällt, da dieser in seinem Redefluss unterbrochen worden ist. »Meine liebe Frau und ich haben vor acht, nein neun Jahren eine Rundreise durch Mexiko gemacht. Damals, Anfang der 90er war die Welt ja noch ganz anders dort, als man sie heute in den Medien sieht.« »Die Berichte sind eh alle getürkt und gefälscht«, ruft wieder ein Gast dazwischen, dem sofort von der breiten Masse zugestimmt wird. »Da hast Du wohl recht,« bestätigt Signore Bartoli den Reinrufer und fährt fort. »Also, auch wenn ihr so etwas Schönes wie mich sicher lange nicht mehr so genau beobachten konntet,...« die Menge buht und lacht auf, »...wollt ihr sicherlich auch ein paar Eindrücke aus

Mexiko mitnehmen. Viel Spaß wünschen wir euch bei unserer dreiundneunzigsten Diavorführung.« »Fast so viele, wie Du Jahre auf dem Buckel hast«, entfährt es wieder einem der älteren Teilnehmer, worüber sich die Allgemeinheit herzlich amüsiert. Ob man in dem Alter einfach so wird, denkt sich Francesco, der das ganze Geschehen hinnimmt und sich mit seinem immer noch nicht leer gegessenen Teller bequem in seinen Sessel zurücklehnt. Noch bevor der Vortrag beginnt, klingelt es an der Tür und die Signora eilt zum Eingang. Francesco schaut interessiert dem Signore Bartoli zu, wie dieser sich an dem Diaprojektor zu schaffen macht, da dieser anscheinend noch nicht richtig eingestellt ist. Plötzlich hört er die wohl klingende Stimme einer Frau, die er nur zu gut kennt. »Ist hier noch frei?« wird er von Maria gefragt, die eine Schüssel mit dem selbst gemachten Pana Cotta und der dazugehörigen Himbeersoße in den Händen hält. Francesco ist wie ausgewechselt. Seine Freude nicht verbergend steht er auf und lacht Maria an. »Sicher, klar ist hier noch frei«, sagt er zu ihr und zieht den Nachbarstuhl zu seinem heran. Die Signora Bartoli bedankt sich für den schönen Nachtisch und nimmt ihn Maria ab. »He, alle mal her gucken,« ruft sie von hinten in den Raum hinein. »Das hier ist Maria Andretti, die Begleiterin von Francesco, die sich nur ein wenig verspätet hat. Sie ist aber immer noch rechtzeitig gekommen, da der Diaprojektor anscheinend noch nicht ganz einsatzfähig ist.« »Da musst Du dich aber anstrengen, dass dein Vortrag genauso schön wird wie diese bezaubernde junge Frau«, entfährt es einem der Alten, der daraufhin von seiner Gattin zurechtgewiesen wird. Verlegen lächelnd nickt Maria den Leuten zu und setzt sich neben Francesco. Nur Sekunden danach hat es Signore Bartoli geschafft und verkündet, dass es nun los gehen kann. Das Discolicht wird ausgeschaltet, die Lampen werden gedämmt und der Vortrag beginnt. Bei jedem Bild erzählen die Bartolis eine kleine Geschichte, zu der wiederum immer wieder ein Anwesender einen Kommentar einfließen lässt, der allgemeine Heiterkeit hervorruft. So wiederholt sich dieses Prozedere Bild für Bild und alle Anwesenden sind spaßig bei der Sache. Maria hat das Talent multitaskinfähig zu sein. Sie richtet ihre Aufmerksamkeit sowohl auf Francesco als auch auf die Darbietung der Bartolis, die sie sehr gelungen findet. Francesco hingegen ist einzig auf Maria fixiert. Während sie nach vorne blickt, den Vortrag mit verfolgt und sich ebenfalls über die Zwischenrufe amüsiert, fragt Francesco sie flüsternd: »Schön, dass Du da bist. Hast Du mir verziehen?« »Nein«, sagt sie leise zu ihm, ohne dass sie ihn eines Blickes würdigt. »Dein Pana Cotta schmeckt sehr gut«, sagt er wiederum zu ihr, um irgendwie mit ihr ein Gespräch anzufangen. »Freut mich«, erwidert sie kurz. »Es tut mir leid.« Keine Reaktion von ihr. »Hör zu, lass uns kurz raus gehen und draußen weiter reden.« Doch Maria weigert sich aufzustehen und möchte den Diavortrag weiter verfolgen. »Warum bist Du denn überhaupt hierhergekommen?« fragt er sie. »Weil ich es versprochen habe und ich meine Versprechen halte«, antwortet sie zurück. »Wie kann ich das Desaster vom Mittwochabend denn nun wieder gut machen?«, lässt Francesco nicht locker. »Lass Dir was einfallen.« Francesco sitzt auf seinem Platz und denkt angestrengt nach. Was kann er tun, damit alles wieder in Ordnung ist? Er blickt nach vorne zu den Bartolis, die in ihren Kostümen diese abendliche Veranstaltung präsentieren. Nur kurze Zeit später kommt Francesco eine Idee. Ohne ein Wort zu verlieren steht er auf und geht hinüber in die Küche, die parallel zum Wohnzimmer verläuft und weiter vorne wieder mit diesem verbunden ist. Der Übergang der Küche zum Wohnzimmer ist auf gleicher Höhe, wo Signore Bartoli den Diavortrag hält und seine Frau ihm assistiert. Verwundert blickt Maria Francesco an, doch diesmal ist er es, der nicht zu ihr hinüber guckt. Francesco versucht mit einem leisen »psst« die Gastgeberin zu sich zu locken. Dies gelingt zwar auch, aber der halbe Saal inklusive des Herrn Bartoli bemerken den Störenfried. »Was ist denn, Signore Gespucci. Fehlt Ihnen etwas?« fragt die Signora Bartoli Francesco, die mit ihm nun gemeinsam in der Küche steht. »Ich flehe Sie an, Signora Bartoli. Sie müssen mir helfen. Folgendes…« Francesco neigt sich zu ihr hin und beginnt in ihr Ohr zu flüstern. Die Signora hört aufmerksam zu und willigt Francescos Anliegen begeistert ein. Sie stellt ihm die nötigen Utensilien zusammen und geht dann zu ihrem Mann, dem sie nun etwas in sein Ohr flüstert. »Das will er jetzt machen?« fragt er seine Frau hocherstaunt, worauf sie heftig mit ihrem Kopf nickt. »Meine Damen und Herren, wir unterbrechen den laufenden Diavortrag für eine Sondershoweinlage. Nur zu Ehren der reizenden Jungen Dame am hinteren Ende, kommen wir in den Genuss einer besonderen Vorführung.« Während der Signore Bartoli diese Worte spricht, zeigt er auf Maria, die plötzlich kurzzeitig im Mittelpunkt steht und von den alten Herrschaften freundlich angelacht wird. Wie ein Zirkusdirektor präsentiert sich Bartoli, der sich in seiner Rolle pudelwohl fühlt. Lauthals verkündet er: »Ich präsentiere Euch, unseren Mexikaner vom Lago Maggiore, unseren verehrten

Professore, Signore Francesco Gespucci!«. Mit einem tosenden Applaus schreitet Francesco empor, während sein Puls rast und seine Nervosität den Siedepunkt erreicht. Mit einem großen Sombrero, einer mexikanischen Decke bekleidet und mit einer Ukulele bewaffnet betritt Francesco das Wohnzimmer. Unter rasendem Applaus aller Zuschauer schaltet Signora Bartoli den CD-Player ein, der das weltbekannte Lied *La Paloma* von sich gibt. So gut Francesco es vermag, singt er dieses Lied und tut so, als ob er auf dem Instrument spielen würde. Die ganze Zeit betrachtet Francesco nur die Musiklehrerin Maria, die ihre Hände über dem Kopf zusammenschlägt und mit den anderen zusammen lauthals mit lachen muss. Einige der älteren Pärchen erheben sich von Ihren Plätzen und tanzen zu Francescos Darbietung. Andere umarmen sich und denken bei dem Lied an ihre Jugend zurück. Maria ist sichtlich gerührt und freut sich sehr, dass Francesco so etwas für sie macht. Als das Lied dem Ende zugeht, bilden die alten Herrschaften eine Gasse von Maria zu Francesco. Maria lässt sich nicht zweimal bitten und geht eilig auf ihren Kollegen zu. Sie umarmt ihn, beugt sich ein wenig zu ihm hinunter und küsst ihn wild ins Gesicht. Die Zuschauer applaudieren den beiden frenetisch, während sich Francesco bei den Bartolis bedankt und die geliehenen Sachen zurückgibt. Hand in Hand gehen beide wieder auf ihre Plätze und genießen Arm in Arm den weiteren Abend.

Am Ende der Diavorstellung verabschiedet sich Signore Bartoli von all seinen Gästen, indem er eine kurze Zusammenfassung des soeben Gesehenen liefert. Gleichzeitig lädt er zu dem nächsten Diavortrag in vier Wochen ein. Aber noch bevor sich alle erheben und aufbrechen, bittet er um Ruhe für eine wichtige Angelegenheit. »Wie ihr seht, bekommt ihr bei uns immer etwas geboten, was einzigartig ist,« stellt Signore Bartoli fest und zeigt auf Francesco und Maria. »Eine Bitte habe ich noch, meine lieben Freunde. Wie euch ja bekannt sein dürfte, finden morgen die Wahlen zum Regionalratsmitglied statt. Obwohl ihr ja wisst, bin ich kein Freund von solchen Wahlereignissen und gehe normalerweise gar nicht erst zu so etwas hin. Aber unser Freund Francesco lässt sich wählen und er benötigt jede Stimme. Ich will es mal so ausdrücken. Sollte einer von euch es wagen, Francesco morgen nicht zu wählen, dann bekommt er es mit mir zu tun, habt ihr verstanden?« Signore Bartoli hebt seine Faust, um seinem eben Gesagten einen besonderen Ausdruck zu verleihen, auch wenn dies gar nicht nötig gewesen wäre. »Das ist doch Ehrensache, dass wir Dich wählen, Francesco,« ruft einer aus der Menge hervor. »Wer so etwas Mutiges wie vorhin auf sich nimmt, um das Herz seiner Auserwählten zu erobern, dem geben wir unsere Stimme«, ertönt es von einer älteren Dame, die damit eine Rötung von sowohl Francescos als auch Marias Wangen auslöst. Alle Anwesenden sind sich einig darüber, dass sie Francesco am morgigen Tag ihre Stimme geben werden. Etwas verlegen bedankt sich Francesco bei den Leuten und verabschiedet sich von jedem einzelnen Gast mit einem Händeruck und einer Umarmung. Von vielen älteren Damen erhält er zusätzlich noch unzählige Küsse auf die unterschiedlichsten Stellen in seinem Gesicht. Er verlässt mit Maria zusammen das Haus der Bartolis und begleitet sie nach Hause. Bei ihrer Haustür angekommen, dreht sich Maria schwungvoll vor Francesco und fängt an ihn leidenschaftlich zu küssen. Sie kramt in ihrer Tasche nach dem Haustürschlüssel, den sie wenig später findet und womit sie die Tür aufschließt. Das Letzte, was man von den beiden an diesem Abend noch sieht, ist, wie sie zusammen im Treppenhaus von Marias Wohnung verschwinden.

Der große Tag ist gekommen. Pünktlich zum Wochenende hat Petrus ein Einsehen mit den Leuten und lässt bei wolkenlosem Himmel die Sonne scheinen. Francesco stand bereits auf, als es noch dunkel war. Er hat Maria, die noch schlief, einen Zettel geschrieben, dass er hoffe sie heute Mittag bei der Wahl zu treffen und dass der gestrige Abend und die Nacht mit ihr sehr schön gewesen ist. Leise hat er Marias Haustür hinter sich zugezogen und ist von ihrer Wohnung zu seiner gelaufen. Dort hat er ein Bad genommen, sich angezogen und sich ein ausgiebiges Honigfrühstück gegönnt. Er ist so weit. »Jetzt geht´s los. Heute ist Wahltag«, sagt er zu sich vor seinem Spiegelbild stehend. Tief durchatmend und ein wenig angespannt geht er noch einmal zurück in sein Wohnzimmer, setzt sich in seinen Sessel und schaut auf den See. Gerade aufgegangen, strahlt die Sonne die Berge am anderen Ufer an. Es verspricht ein herrlicher Tag zu werden. Um sich zu entspannen, schließt er die Augen und verweilt noch für einige Minuten in seiner Wohnung. Wie der Tag wohl ablaufen wird? Wer wird heute Abend mehr Stimmen haben? Wie wird das alles weitergehen, auch in Bezug auf Maria? Viele Fragen gehen ihm durch seinen Kopf, auf die er keinerlei Antworten findet. Schließlich steht er auf, zieht sich eine Jacke über und greift nach dem Autoschlüssel seines Kleinwagens. Mit einem Ruck zieht er seine Wohnungstür hinter sich zu begibt sich auf den Weg.

Traditionell finden die Wahlen bei gutem Wetter nicht in dem Dorf selber, sondern außerhalb auf der großen Piazza della Pescatori statt. Dies ist exakt der Platz, wo Signore Mansardo die Mülldeponie errichten möchte. Viele Leute verbinden das Wahlgeschehen mit einem vergnüglichen Ausflug. Neben den Wahlurnen wird auf dem Platz eine kleine Bühne mit Rednerpult für den späteren Wahlsieger und dessen Siegesrede aufgestellt. Einige Geschäftsinhaber, wie beispielsweise die örtliche Metzgerei, errichten Verkaufsstände, an denen die Menschen den ganzen Tag über Fressalien und Getränke kaufen können. Auch für Sitzgarnituren ist gesorgt. Kurz gesagt, aus jedem Wahlereignis geht stets auch ein kleines Volksfest hervor. Bis Nachmittag um 15:00 Uhr können die Stimmen abgegeben werden. Eigentlich müsste nicht nur in Francescos Dorf, sondern in allen anderen umliegenden Dörfern, die ebenfalls ein Regionalratsmitglied stellen, gewählt werden. Aus Mangel an Kandidaten ist das dort jedoch nicht der Fall. Wie vermutet sind dort die alten Amtsinhaber auch die neuen. Allesamt Gefolgsleute des Vorstandmitgliedes Signore Mansardo, die viel zu bequem sind, sich eine eigene Meinung zu bilden. Obwohl Francesco rechtzeitig bei der Piazza della Pescatori erscheint, ist er bei weitem nicht der erste. Die Carabinieri leiten die Autofahrer auf einen großen Parkplatz, der etwa fünf Minuten zu Fuß von dem Fischerplatz entfernt ist. Brav stellt sich Francesco mit seinem Auto an und wartet bis er an der Reihe ist und einen Stellplatz zugewiesen bekommt. Gerade als er die Hauptstraße verlassen und rechts auf den großen Parkplatz einbiegen soll, fährt ein wohlbekannter weißer Mercedes an allen Wartenden vorbei. Der Wagen hält an der Absperrung der Polizei.

Das Fenster geht runter und kurze Zeit später darf der Mansardo-Clan direkt auf den Fischerplatz fahren, wo sie ihren Wagen am Rand abstellen und aussteigen. Die gesamte Familie hat sich in die Limousine hineingezwängt. Doch weder die Ordner, geschweige denn die Polizisten sprechen Signore Mansardo darauf an. Francesco, der stehen geblieben ist und das Ganze beobachtet hat, weiß erneut, warum es mehr als wichtig ist, dass er gewählt wird. Es muss einfach jemanden geben, der auch mal zu den Mansardos stopp sagt. Sich aufregend über deren Verhalten, merkt Francesco zuerst nicht, dass er von dem Verkehrseinweiser bereits zweimal aufgefordert worden ist weiterzufahren. Erst als dieser ihm an die Windschutzscheibe klopft, registriert Francesco, dass der Weg frei ist und fährt auf seinen ihm zugewiesenen Abstellplatz.

Auf dem Weg zum Fischerplatz sieht Francesco unzählige Wahlplakate von Signore Solodini. Die müssen schon einige Lire für den Wahlkampf ausgegeben haben, denkt sich Francesco. Aber sowohl Signore Mansardo als auch Signore Solodini haben davon ja mehr als genug. Mit Genugtuung stellt Francesco fest, dass er von vielen seiner Mitbürger herzlichst gegrüßt wird und dass sie ihm viel Glück für die Wahl wünschen. Auf dem Platz angekommen geht Francesco als erstes seiner Bürgerpflicht nach und schreitet selbst zu den Wahlurnen. Neben den vielen Solodini-Wahlplakaten ist sein Name lediglich einmal zu sehen, nämlich auf einem großen Veranstaltungsschild, das bekannt gibt, was hier überhaupt geschieht. *Samstag, 16.09.2000, Wahl des Regionalratsmitglieds zwischen Alessandro Solodini und Francesco Gespucci* ist auf der Tafel zu lesen. Francesco bekommt einen Stimmzettel und macht mit einem Kugelschreiber ein Kreuzchen neben seinen Namen. Dann steckt er den Zettel in die Urne, wobei der Fotograf der Gazette della Regionale ihn mehrfach fotografiert. Anschließend hat Francesco viel Zeit. Er schlendert über den Platz und schaut sich um. Meist kommt er jedoch nicht weit, da er regelmäßig von den Leuten angesprochen wird, die ihm viel Glück und Erfolg für die Wahl wünschen. Er sieht einen Menschenpulk und in dessen Mitte Signore Solodini. Dieser wird, wie Francesco, ebenfalls von seinen Anhängern belagert. Doch in dessen unmittelbarer Nähe steht Signore Mansardo, der den Menschen die Hand schüttelt und das Reden für den Signore Solodini übernimmt. Der arme Signore Solodini, denkt sich Francesco, als er seinen Kontrahenten sieht, der sich hingesetzt hat und auf den sichtbar der ganze Trubel um ihn herum unbehaglich wirkt. Dennoch kann sich Francesco ein wenig Schadenfreude nicht verkneifen. Aus dem Augenwinkel heraus sieht Francesco zwei Herren in grauen Anzügen, die auf Signore Mansardo zugehen und ihm andeuten, er solle zu ihnen kommen. Umgehend verlässt Signore Mansardo die Menschentraube und begibt sich mit den zwei Männern zum Rand des Platzes, während die drei sich angeregt miteinander unterhalten. Diese beiden Personen hat Francesco noch nie gesehen. Wer die wohl sind und was die hier wohl wollen, überlegt Francesco, während er sich beim Metzger ein mit Salami belegtes Brötchen kauft, da der Hunger sich bei ihm gemeldet hat. Nach dem ersten Bissen, sieht er Signore Mansardo wieder zurück zu seinem Wahlmann Solodini laufen, während von den beiden Herrn in Grau nichts mehr zu sehen ist. Ähnlich wie Signore Mansardo für Solodini den Menschen Rede und

Antwort steht, ergeht es auch Francesco. Ganz besonders freut er sich, als er die älteren Herrschaften vom gestrigen Diaabend ankommen sieht. Wie eine Schulklasse bilden alle zusammen eine Gruppe und ziehen wie ein Schwarm von Stand zu Stand. Von den älteren Damen kommt Francesco in den Genuss unzähliger Küsse auf seine Wangen. Alle rühmen sich damit, dass sie ihn wählen werden. Manche erzählen stolz, dass sie gestern Nacht noch Freunde und Verwandte angerufen und denen nahe gelegt haben, sie sollten auf jeden Fall dem sympathischen Grundschullehrer ihre Stimme geben. Mitten im Gedränge sieht Francesco Maria ankommen, die ihr Fahrzeug ebenfalls auf dem großen Parkplatz abstellen musste. Beide winken sich gegenseitig vergnügt zu. Dennoch kann Francesco nicht sofort zu ihr eilen, da die älteren Damen und Herren weiter auf ihn einreden und ihn vorerst nicht aus ihrer Mitte entweichen lassen. Nachdem er seine treuen Senioren zufrieden gestellt hat, begibt er sich endlich zu Maria und begrüßt sie mit einer intensiven Umarmung. Hand in Hand schlendern sie gemeinsam über den Platz und werden nun zusammen freundlichst wahrgenommen. Wie ein Lauffeuer geht es um, dass beide nun anscheinend ein Paar sind. Sie erreichen das Fischerdenkmal, das am Ende des Platzes aufgestellt ist. Zusammen mit einigen anderen Menschen, die ebenfalls dorthin kommen und wieder gehen, betrachten sie es. Die bronzene Statue zeigt einen Mann, der hohe, weite Stiefel trägt, darüber eine lange, weite Jacke und einen Hut. In seinem Mund trägt er eine Pfeife. In der einen Hand hat er eine lange Angelrute, die er auf dem Boden abstützt und die weit über seine Kopfbedeckung hinausragt. In der anderen Hand hält er ein

Prachtexemplar von einem Fisch am Schwanz fest. Am Sockel der Statue steht ein Schild mit der Inschrift: *Den Fischern des Lago Maggiore*. Während Maria und Francesco sich die Statue ansehen, merken sie nicht, dass das Ehepaar Mansardo zusammen mit ihrem Sohn Stephano ebenfalls bei der Statue angekommen sind und sich diese betrachten. Jedoch haben die Mansardos das frisch verliebte Pärchen noch nicht wahr genommen. Maria schaut ein wenig verträumt die Statue an und fragt: »Weshalb sie damals wohl hier oben auf dieser Anhöhe und nicht unten am See diesen Platz errichtet haben?« Francesco nimmt bereits tief Luft, um ihr zu antworten. Doch jemand anderes ist schneller als er. »Die alten Fischer haben den Platz hier ausgesucht wegen der Händler aus den umliegenden Gemeinden und Städten. Der Platz ist von allen gut zu erreichen gewesen. Die Händler mussten dann auch nicht den Berg hinunter bis an den See und wieder hinauf gehen, was vor allem den dicken Händlern sehr gefallen hat.« Ein leichtes Lächeln macht sich bei den Erwachsenen breit, als Stephano sein Wissen vorträgt. Nun hat jeder begriffen, neben wem er sich derzeit aufhält. Francesco und Signore Mansardo betrachten sich gegenseitig. Beide sehen in dem anderen jeweils einen Kontrahenten, den es zu besiegen gilt. Andererseits freuen sie sich füreinander, dass sie jeweils ihre Frauen wieder zurückgewinnen konnten. Respektvoll nicken sie sich zu, während Stephano mit seinem Heimatkundeunterricht fortfährt. »Außerdem hat es noch einen Grund, weswegen genau dieser Platz ausgesucht worden ist.« »Und der wäre?« fragt Maria den kleinen Mansardo. »Es ist wegen der Aussicht von hier oben. Der einmalige Blick über den See, bis weit in den Süden, wo schon fast der

Horizont ist. Dazu die Gipfel der Alpen, der Blick über die Dörfer und die reine, klare Bergluft sollten bei den Händlern ein Wohlbehagen erzeugen. Man wollte, dass sie davon in ihrer Heimat erzählen und immer wieder gerne hierher zurück kommen. Hierher, an die Piazza della Pescatori am Lago Maggiore.« Gerührt von der Erzählung Stephanos bleiben die Erwachsenen nachdenklich stehen. Einer von ihnen jedoch macht sich besonders viele Gedanken. »Woher weißt Du das denn alles?« fragt Gloria ihren Sohn. »Das hab ich im Geschichtsunterricht gelernt und von Oma erzählt bekommen«, erzählt Stephano stolz und sieht dabei seinen Lehrer Francesco an, der seinen Schüler leise aber deutlich lobt. »Entschuldigt mich einen Moment«, sagt Signore Mansardo diskret und verlässt die Gruppe, um nach vorne zu dem Aussichtspunkt zu gehen. »Alles Gute wünsche ich Ihnen beiden«, sagt Gloria Mansardo und geht mit ihrem Sohn zu einem Essenstand. Francesco schaut Signore Mansardo nach, der alleine zu dem Aussichtspunkt läuft. Maria erkennt, wie ihr Freund dem anderen nachsieht und sagt zu Francesco: »So, nun wird es Zeit. Ich muss Dich jetzt wählen gehen, sonst ist gleich Schluss und ich kann meine Stimme nicht mehr abgeben. Bis gleich Francesco.« Francesco blickt sich kurz zu ihr um und nickt ihr zu. Dann geht er an der bronzenen Statue vorbei hinaus zu dem Aussichtspunkt. Signore Mansardo steht am Holzgeländer der Aussichtsplattform. Francesco stellt sich neben ihn. »Was für ein herrlicher Ausblick, nicht wahr Signore Gespucci?«, stellt Signore Mansardo fest und lässt seinen Blick in die Ferne schweifen. »Ja, ein wundervoller Panoramablick«, bestätigt Francesco. »Wissen Sie, seit Generationen lebt meine

Familie hier an diesem See. Es ist für uns nicht nur ein Platz zum Wohnen. Es ist unsere Heimat. Unser Land. Und ob Sie es mir glauben oder nicht, meine Familie fühlt sich hierfür und für die Menschen, die hier Leben verantwortlich.« Signore Mansardo dreht sich um und betrachtet seinen ewigen Lieblingsgegner Francesco, der aufmerksam dem Regionalratsvorsitzen zuhört. »Sicher, wir haben auch immer darauf geachtet, dass es uns persönlich an nichts fehlt, aber dennoch haben wir stets zum Wohle dieser Region gehandelt. Und diese Region hat uns viel zurückgegeben.« Signore Mansardo streckt demonstrativ seinen Kopf zur Seite, damit Francesco ebenfalls dorthin schaut. Als Francesco dies macht, sieht er die älteste der Mansardotöchter Arm in Arm mit dem Sohn des hiesigen Hauptkommissars im Wald spazieren gehen. Kein Wunder, dass die Mansardos sich keine Gedanken um Verkehrsahndungen oder Sonderparkplätze machen müssen, denkt sich Francesco kurz, dem es aber auch gefällt, zwei glückliche Menschen zu sehen. »Auch wenn ich es wahrscheinlich bereuen werde, wissen Sie, weshalb ich unbedingt diese Neuwahlen angezettelt habe?« fragt Signore Mansardo Francesco, der daraufhin ein wenig stolz antwortet: »Weil ich der einzige hier bin, der Ihnen immer wieder in die Quere kommt?« »Ja. Und nein,« antwortet Signore Mansardo mit den Achseln zuckend. »Manchmal ist es ganz spaßig sich mit Ihnen auseinander zu setzen. Immer nur kampflos etwas durchzusetzen macht auf Dauer auch nicht froh. Aber wenn ich gegen einen würdigen Gegner, wie Sie es unzweifelhaft sind, gewinne, dann weiß ich, dass ich es noch drauf habe. Sie verstehen?« »Freut mich, dass Ihnen das gefällt, auch wenn es eine Zeit lang her ist, dass Sie sich gegen mich vor dem Regionalrat bei wesentlichen Standpunkten durchgesetzt haben,« antwortet Francesco spitzfindig, worauf er und Signore Mansardo ein wenig zu lachen beginnen. Nur kurze Zeit später verändert sich jedoch Signore Mansardos Mimik in einen ernsten Gesichtsausdruck. »Erinnern Sie sich noch an die geplante Mülldeponie, die hier errichtet werden sollte?« fragt er seinen Kontrahenten. »Ja, daran kann ich mich noch sehr gut erinnern. Das haben wir doch damals im Rat abgelehnt. Was ist damit?«, fragt Francesco neugierig zurück. »Sehen Sie die beiden da drüben?« Signore Mansardo zeigt auf die beiden Herren in den grauen Anzügen, mit denen er vorhin gesprochen hat und mit denen er sich bereits zuhause in seinem Arbeitszimmer unterhalten hat. Francesco sieht hinüber und betrachtet sie. »Die beiden sind von der norditalienischen Abfallliga. Diese Deponie bringt uns allen viel Geld«, erklärt Signore Mansardo. »Und bringt neben der kulturellen Zerstörung eine enorme Umweltverschmutzung mit sich«, ergänzt Francesco zügig. Wie vom Blitz getroffen bleibt Francesco regungslos stehen, als er beginnt zu verstehen, was Signore Mansardo im Kopf hat. »Oh mein Gott«, sagt Francesco schockiert. »Jetzt begreife ich. Wenn Signore Solodini gewählt ist, dann wird es für Sie ein Leichtes sein, den Regionalrat dazu zu überreden, dass dieser der Errichtung der Deponie doch zustimmen wird. In der Zeitung wird stehen, dass alles zu unserem Besten geregelt wird und dass die Sache einstimmig beschlossen worden ist. Und dann werden Sie diesen Verbrechern dort die Zusage geben.« Schnell antwortet Signore Mansardo, um sich zu rechtfertigen. »Ich habe alle Pläne und Berichte tagelang geprüft. Es gibt keinen alternativen Standort für diese Deponie, der auch nur annähernd so gut geeignet dafür ist, wie die Piazza della Pescatori«. Obwohl Francesco weiß, dass, wenn der Regionalrat die Sache absegnet, Widerstand zwecklos ist, bemüht er sich dennoch und sagt: »Das werde ich niemals zulassen. Selbst wenn Solodini gewählt wird, werde ich alle zu einem Protest aufwiegeln.« »Sie wissen so gut wie ich, dass sich keiner daran beteiligen wird. Die Menschen vertrauen dem Regionalrat und werden den Teufel tun sich gegen ihn aufzulehnen«, antwortet Signore Mansardo sachlich. »Das werden wird sehen, wenn es soweit ist«, sagt Francesco wütend und verlässt daraufhin aufgebracht die Aussichtsplattform. Signore Mansardo jedoch umklammert mit seinen großen Händen fest das Holzgeländer und atmet tief die klare Luft ein. Eine Zeit lang betrachtet er wieder allein den See, der unten friedlich im Sonnenlicht glitzert. Obwohl Solodini wahrscheinlich gewählt wird und er dadurch dann das erreicht, wofür er gekämpft hat, verspürt er unerklärlicherweise keinerlei Freude.

»Darf ich die beiden Kandidaten zu mir herauf bitten?« sagt ein Sprecher des Wahlkampfkomites durch das Mikrofon. »Auch der Herr Regionalratsvorsitzende möge bitte hierher kommen«, ergänzt der Redner. Wie bei dem Abend des Tanzfestes betreten die drei Männer die Bühne. Allerdings ohne irgendwelche Showeinlagen. Alle gehen gemäßigt das Podest hinauf. Während Signore Mansardo im Hintergrund bleibt, stellen sich die beiden Wahlmänner direkt links und rechts neben dem Moderator auf. »Es ist soweit«, kündigt er an und schaut auf die Uhr, die genau 15:30 Uhr anzeigt. »Die Wahl ist vorüber und die abgegebenen Stimmzettel wurden bereits von zwei unabhängigen Gruppen ausgezählt. Hier sind die Ergebnisse.« Die Menge steht angespannt vor der Bühne und erwartet die Nachricht, wer zukünftig in dem Regionalrat vertreten sein wird. Der Fotograf der Gazette della Regionale ist fleißig am Arbeiten und schießt ein Foto nach dem anderen. Maria hat sich nicht weit weg von Francesco einen Platz gesucht, von dem aus sie alles gut überblicken kann. Sie sucht immer wieder den Blickkontakt zu Francesco und drückt ihm feste ihre beiden Daumen. Francesco bangt und hofft, dass er gewählt worden ist. Denn nur so kann er verhindern, dass die Mülldeponie gebaut wird. Es wird ihm schon gelingen, die übrigen Regionalratsmitglieder von der Unsinnigkeit dieses Bauvorhabens zu überzeugen. Davon ist er überzeugt. Der Moderator nimmt einen ersten Briefumschlag und öffnet ihn. »Signore Francesco Gespucci erhält eine Stimmenanzahl von…« um die Dramaturgie zu erhöhen macht der Sprecher eine kurze Pause, bevor er lauthals die Zahl verkündet. »201.« Auf einer Tafel im Hintergrund, auf der groß und deutlich die Namen der beiden Kandidaten stehen, wird die eben vorgelesene Zahl neben dem Namen Francescos notiert. Aus dem Publikum sind unterschiedliche Meinungen zu vernehmen. »Sehr gut gemacht. Ein tolles Ergebnis«, sagen die einen. »Naja, immerhin«, hört man aus einer anderen Ecke. Und wieder ganz andere sagen: »Oh weh, nur so wenige Stimmen. Das langt nicht für den Wahlsieg.« Dem Sprecher wird ein zweiter Umschlag gereicht, in dem steht, wie viele Stimmen Signore Solodini bekommen hat. Wieder kündigt er die Stimmenanzahl an und wieder lässt er eine kurze Pause, bevor e die genaue Zahl bekannt gibt. »201«, ruft er heraus und dreht sich überrascht um.

»Beide Kandidaten haben die gleiche Anzahl an Stimmen«, erklärt er und dass es so etwas ja noch nie gegeben hätte. »Was geschieht jetzt?«, ruft es aus dem Publikum. »Wer hat nun gewonnen?«, wollen die Leute wissen, während auf die Tafel auch bei Solodini die Zahl 201 aufgetragen wird. Der Moderator beschwichtigt die Leute und beginnt zu erklären, was nun folgt. »In so einem Fall schreibt das Gesetz des Regionalrates vor, dass der Regionalratsvorsitzende entscheiden darf, wer gewählt ist.« Ein lautes Raunen geht durch die Massen. Während sich die Anhänger Solodinis freuen, senken die Wähler Francescos ihre Häupter, da jeder weiß, wer der Wunschkandidat des Signore Mansardo ist. Auch die beiden Wahlkandidaten zeigen Reaktionen auf diese Nachricht. Während Francesco einen enttäuschten Gesichtsausdruck hat, sind die Gefühle bei Signore Solodini gemischt. Er weiß, dass er einerseits nun einen Posten bekleiden muss, den er gar nicht möchte. Andrerseits wird sein Supermarkt gerettet sein, da Signore Mansardo der Billigsupermarktkette nun wie vereinbart keine Bauerlaubnis geben wird. Signore Mansardo bekommt einen Wahlzettel und einen Stift. Er sieht sich den Zettel an und schaut dann zum Publikum herab. Er blickt hoch und sieht die Bäume, durch die die Sonnenstrahlen hindurch scheinen. Er riecht den frischen Duft des Waldes. Er sieht seine Mutter, seine Frau, seinen Sohn und seine drei Töchter, wobei die älteste vom Sohn des Hauptkommissars von hinten umarmt wird. Sie alle sehen ihn erwartungsvoll an. Und er erblickt die Statue des Fischerplatzes, die bereits seit vielen Jahren dort steht. Auf der anderen Seite des Platzes entdeckt er die beiden Männer in den grauen Anzügen, die ihre Mobilfunktelefone bereit halten und nur darauf warten, ihren Bossen mitzuteilen, dass der Bau der Deponie hier demnächst losgehen kann.

Signore Mansardo macht sein Kreuz und steckt den Zettel in das Couvert, das er einer jungen Dame reicht, die es wiederum an den Wahlleiter weitergibt. Während dieser den Brief öffnet, ist kein Laut von den Leuten zu hören, so angespannt warten alle auf das Ergebnis. Der Moderator nimmt den Wahlzettel heraus, betrachtet ihn kurz und sagt: »Das gewählte Ratsmitglied mit einer Anzahl von 202 Stimmen ist…« wieder lässt er eine kurze Pause, bevor er den Namen mit einem lauten, lange andauernden Ausruf verkündet. »Signore Francesco Gespucci!« Ausnahmslos sind nicht nur der Wahlleiter und die Kandidaten, sondern auch die Wähler sowie alle Anwesenden von dieser Nachricht überrascht. Francesco dreht sich um und mustert Signore Mansardo, der seine Schultern zuckend Francesco ansieht und ihm anerkennend zunickt. Signore Solodini geht schnellen Schrittes auf Signore Mansardo zu. Ihm ist seine Besorgnis anzusehen, dass Signore Mansardo nun der Billigsupermarktkette die Bauerlaubnis geben wird. Doch noch bevor er den Regionalratsvorsitzenden deswegen anspricht, legt dieser seine Hand auf die rechte Schulter von Signore Solodini und sagt: »Keine Bedenken, Ihr Supermarkt, der Generali, wird keinerlei Konkurrenz bekommen.« Signore Solodini ist sich nicht sicher, ob er diese Aussage für sich positiv oder negativ zu bewerten hat, was auch in seinem fragwürdigen Gesichtsausdruck zu erkennen ist. Signore Mansardo erkennt dies und legt seine zweite Hand auf die noch freie Schulter Solodinis mit den Worten »Ich werde der Billigsupermarktkette nicht erlauben, dass sie hier ihre Filialen

errichtet.« Voller Freude über diese klaren Worte geht Solodini auf Francesco zu und gratuliert ihm herzlich zu seinem Wahlsieg. Er selbst ist froh und überaus erleichtert, dass der ganze Spuk vorüber ist. Besser hätte es für ihn nicht enden können. Er braucht sich keine Gedanken über das Fortbestehen seines Supermarktes zu machen und muss auch nicht in der Politik mitmischen. Glücklich verlässt Signore Solodini das Podium und verschwindet zu seiner Frau in der Menschenmenge. Gleichzeitig stürmt Maria hinauf zu Francesco, umarmt ihn aufs Heftigste und gratuliert ihm. Francesco sieht von oben seine Freunde und Anhänger, die sich alle mit ihm freuen und winkt ihnen dankbar zu. Kevin sticht nicht nur wegen seiner Körpergröße heraus, sondern auch, weil er Francesco lauthals in irischer Fußballfan-Manier zujubelt. Auch das Wahllager Solodinis applaudiert Francesco und erkennt den Wahlsieger voll und ganz an. Einzig und allein zwei Herren in grauen Anzügen verlassen schnellen Schrittes, sichtbar enttäuscht und wütend zugleich die Piazza della Pescatori. Signore Mansardo tritt an Francesco heran und gratuliert ihm förmlich, indem er ihm die Hände schüttelt. Hierbei lächeln er und Francesco der Menge und einem Fotografen, der eifrig Bilder schießt, entgegen. Francesco zeigt lächelnd seine Zähne und sagt zu Signore Mansardo: »Ob Sie sich das mit mir hier gut überlegt haben, Herr Regionalratsvorsitzender? Keine Mülldeponie. Kein extra Geld von der Abfallliga.« »Und wahrscheinlich zukünftig viel Ärger mit ihnen,« ergänzt Signore Mansardo, wobei beide immer noch lachend und nach vorne schauend sich gegenseitig einen festen Händedruck geben.
Kurze Zeit später wird für Francesco das Rednerpult frei gemacht. Er

begibt sich dorthin und stellt das Mikrofon auf seine Höhe ein, das zuvor ein wenig zu weit oben angebracht war. Die Menschen beruhigen sich und lauschen der Rede ihres Grundschullehrers und neu gewählten Regionalratsmitgliedes. Francesco atmet tief ein, streckt seinen Brustkorb stolz heraus und fängt energisch an zu reden: »Meine Freunde. Ich freue mich, dass ihr mich gewählt habt. Ich habe mich dank eurer Hilfe durchgesetzt, gegen das Geld und die Macht. Gegen Signore Mansardo und dessen Kandidaten...« Plötzlich hält Francesco inne. Seine Kampfesrede, auf die er sich im Falle seines Sieges vorbereitet hat, kommt ihm auf einmal lächerlich und unangebracht vor. Schließlich hat er ja auch nur dank des Signore Mansardo gewonnen, denkt er sich. Francescos ernster, erhabener Gesichtsausdruck und seine angespannte körperliche Haltung weichen einem ehrlichen, freundlichen Ausdruck. Mit einer weicheren, sanfteren Stimme beginnt er erneut seinen Vortrag: »Liebe Freunde. Wir alle, die wir hier stehen, haben eines gemeinsam. Wir alle leben, arbeiten und wohnen hier. Hier, an einem der schönsten Plätze der Welt. Im Laufe des heutigen Tages hat jeder von euch seine Stimme dem Kandidaten gegeben, dem er vertraut, der eure Interessen wahr nehmen und dafür sorgen soll, dass unser Leben hier weiterhin so wundervoll sein wird, wie es derzeit ist. Ob Signore Solodini, der einer der fairsten Supermarktchefs ist den ich kenne, oder Signore Mansardo, dessen Familie seit Generationen in dieser Region und für sie lebt, oder ich selbst. Auch wenn wir unterschiedlich an die Sache herangehen, wir alle haben eigentlich nur eines im Sinn: Das Wohl unserer Heimat!« Gerührt von Francescos Worten bekommt er von den Anwesenden zwar keinen lauten Applaus, doch sehen sie ihn erwartungsvoll und fasziniert an. Sie schenken ihm dankbare Blicke und nicken ihm bestätigend zu, während er Luft holt und weiter redet. »Auch wenn wir uns manchmal uneinig sind und uns streiten, so halten wir doch bei wesentlichen Dingen zusammen. Ich verspreche euch: Der Regionalrat wird so regieren, dass wir alle zusammen, und ich betone, wir alle zusammen, davon profitieren werden.« Francesco hebt bei diesen letzten Worten symbolisch seine Arme und bezieht so die Menschenmenge intensiv in seine Rede mit ein. Nun reagieren die Bewohner des kleinen italienischen Dorfes nicht mehr so besonnen. Unter lautem Jubel werden Francescos Sieg und seine Rede gefeiert. Auch die gesamte Familie Mansardo klatscht anerkennend Francesco zu. Maria eilt zu ihrem Freund auf die Bühne und gibt ihm eine intensive Umarmung. Gerührt von der Reaktion seiner Mitbürger ist Francesco bereit, mit dem Regionalrat zusammen die Zukunft dieser Gemeinden zu gestalten und zu bestimmen. Er wird für Sittlichkeit, Gerechtigkeit und Wohlstand einstehen und kämpfen und die Menschen, die ihm ihr Vertrauen geschenkt haben, nicht enttäuschen. Nach einigen Minuten wendet sich Francesco ab und verlässt zusammen mit Maria die Bühne. Arm in Arm verschwindet das Pärchen in der Menschenmenge. Das Volksfest auf der Piazza della Pescatori geht weiter und nimmt seinen Lauf. Es dauert an diesem strahlenden Septembertag noch so lange an, bis die Sonne hinter den Gipfeln der gegenüberliegenden Berge versinkt und die Nacht über das kleine Dorf in der Region am Lago Maggiore hereinbricht.